«PAROLE»

Dello stesso autore

Il delfino
L'onda perfetta
Vela bianca
Serena
Il guardiano del faro
Stella
Il vento dell'oceano
Il sole e la cometa
Blu
Notte di luce
La rosa di Gerico
Il delfino (ed. Deluxe)
Fratello mare

SERGIO BAMBARÉN

LA MUSICA DEL SILENZIO

Traduzione di Marina Marini

Sperling & Kupfer

I Heard it from a Nightingale

Illustrazioni di Óscar Astromujoff

ISBN 978-88-200-4377-3
86-I-07

Uomo libero,
sempre avrai caro il mare!

Indice

Ogni minuto che vola via
è una nuova opportunità per mutarlo del tutto;
ogni istante è un'occasione per cambiare in meglio.
Dunque, vita, io ti prometto questo:
sarò sempre fedele al mio cuore.
Sarò il custode dei miei sogni.
Io solcherò tutti gli oceani guardando con occhi miei
il magnifico mondo in cui vivo.
Avrò caro ogni secondo
del tempo che mi è dato
come un tesoro immeritato.
Ecco, faccio un profondo respiro,
per riempirmi d'aria i polmoni,
e per colmarmi del mistero
e della magia
che mi circondano.

Me ne andrò per la mia strada,
non importa che cosa gli altri ne penseranno.
Padrone del mio destino,
non tradirò giammai il mio cuore.
La mia stessa felicità.
Vita, anche questo io ti prometto:
quando verrà il momento di andarmene,

di cavalcare l'ultima onda,
di dare corpo al mio ultimo sogno:
avrò un sorriso per te,
vita di grazia e meraviglia.
Per ringraziarti di tutti i momenti che mi hai donato
senza nulla chiedere in cambio.
Questa è la mia promessa a te:
preziosa, unica, magnifica
vita!

PROLOGO

Io sono un usignolo.

A dire il vero mi potreste chiamare semplicemente «uccellino», ma tanto tempo fa uno di voi, uno molto istruito, stabilì che fossi un usignolo, e dunque, per intenderci, chiamatemi così.

Per tutta la vita ho osservato minuziosamente gli esseri umani dal cielo, in mezzo all'azzurro che di solito loro non guardano nemmeno: dal tetto di un palazzo, dal ramo di un albero, perfino dai cavi del telefono che collegano un palo all'altro. Ho viaggiato fra città molto differenti tra loro, alcune grandi, altre piccole; ho attraversato il confine di molti Paesi: niente sembra più strano del modo arbitrario con cui gli uomini si dividono, convincendosi di essere diversi gli uni dagli altri secondo una linea del tutto immaginaria.

Ho passato tutta la vita a contemplarli, e ancor oggi non capisco molte delle cose che fanno, o perché agiscono in un certo modo. Stento a intravedere uno scopo dietro i loro atti, ma questo probabilmente è dovuto al fatto che non sono che un usignolo. La mia è una vita semplice, la mia esistenza segue il fluire della mia natura: questo solo so. Insomma, non sarei fatto per capire gli uomini. Sono nato per volare alto sulle brezze, non per immedesimarmi nella vita di esseri così complessi: perché immischiarmi in faccende che neanche capisco?

Eppure noi usignoli siamo ostinati, così una volta ho preso la solenne decisione di atterrare tra gli uomini. Ricordo distintamente quel primo giorno. Cavalcavo le raffiche di un forte vento del Nord, lottando contro il gelo invernale, finché un raggio di sole fece capolino dietro le nuvole dopo un'intera settimana di tormenta. Quel primo raggio di sole, con la sua luce brillante, andò a illuminare un bel parco delimitato da una rigogliosa siepe verde e disseminato di fiori dai colori accesi che spuntano solo all'inizio della primavera. Me ne venni giù dal cielo e saltellai qua e là, facendo le mie domande ai passanti. Nessuno di loro mi rispose.

Ma non mi diedi per vinto e continuai a volare. Di tetto in tetto, di cavo in cavo, di ramo in ramo: ogni volta scendevo fino a terra per interpellare qualsiasi uomo vedessi. E sempre senza alcuna risposta.

Neanche adesso so se era perché non potevano capirmi o perché io non potevo capire loro. Cercavo di attirare l'attenzione svolazzandogli intorno, intonando il mio canto alla vita, ma il risultato era sempre lo stesso: un sorriso oppure un cenno brusco. Sciò.

Intanto gli anni passavano e io mi ero messo a osservare tutte quelle strane faccende umane di cui non capivo il nesso. Pensavo che il mio destino fosse segnato, e che sarei morto prima di avere capito come ragionano gli uomini. Ma un giorno – il sole picchiava così forte che i fiori chinavano il capo, esausti, cercando di proteggere i petali dalla calura – proprio allora incontrai un uomo che non si limitò a sorridermi o a scacciarmi.

Avevo passato la notte nel folto di un albero che svettava solitario. Alla mattina il gran caldo mi trattenne in quel riparo al sicuro dal solleone, ma neanche quel clima torrido poteva impedirmi di gioire della vita, così incominciai a cantare. L'uomo camminava tutto solo vicino a una minuscola panchina posta nel bel mezzo di una piazzola di cemento in cui facevano bella mostra di sé più le cartacce di caramelle e i sacchetti di plastica che i fiori. Quando udì la mia canzone, si fermò a cercarmi con lo sguardo. Finalmente mi avvistò e, cautamente proteso verso di me, il palmo disteso, mi chiese gentilmente di avvicinarmi. Non con le parole, ma con un sorriso così radioso e sincero che trasformò quella squallida piazzola nel posto più bello della Terra.

All'inizio ero alquanto esitante: non conoscevo affatto gli uomini. Eppure sapevo che dovevo correre il rischio, avevo cercato quest'opportunità a dir poco unica per così tanto tempo... Dal ramo su cui me ne stavo appollaiato volai giù su quella mano aperta.

«Buongiorno», dissi.

«Buongiorno a te», mi rispose.

Non ci potevo credere. Finalmente un uomo che poteva capirmi!

Alla fine avevo trovato la persona che tanto avevo cercato. Stetti quieto nel suo palmo mentre camminava allontanandosi da quella minuscola piazzetta. Quando infine ci imbattemmo in un ruscello accanto a una siepe, sul limitare dell'abitato, si fermò e si sedette su un muretto. Insieme ci mettemmo a rimirare l'orizzonte, con il sole variegato da nubi candide come neve che si rifletteva nell'oceano scintillante. Il silenzio era rotto soltanto dal frangersi delle onde contro gli scogli e dal mugghiare del vento che spirava dalla collina.

Mi fissò a lungo, e sembrava rapito dai giochi della sua memoria, prima che io gli chiedessi chi fosse e come mai fosse capace di comprendere il mio linguaggio. Ciò che accadde dopo rappresenta, credo, l'esperienza più straordinaria e appagante che un usignolo possa avere in vita sua: passare del tempo al fianco di una persona fuori dal comune, nata molto lontano dalle bizzarre regole degli uomini.

Una creatura che aveva passato molti anni della sua infanzia da sola e con la sua famiglia, e finalmente un bel giorno si era decisa a fronteggiare il mondo. Questa è una storia vera. Del resto, sono un usignolo, e noi usignoli non sappiamo che cosa sia una bugia, ragion per cui non possiamo mentire. Sì, siamo cocciuti, ma non diciamo bugie.

Proprio come quest'uomo che non aveva mai appreso le regole del cosiddetto consorzio umano, e un bel giorno dovette affrontarlo con l'unica arma che aveva: il vero tesoro della sua ingenuità.

PARTE PRIMA

L'isola di Huañape

C'era un uomo di nome Guillermo Sanchez Aranibar, un pescatore, un vero lupo di mare. Era anche a capo di un'intera isola... un'isola del guano.

Per chi non conoscesse il guano, è il caso di precisare che è il fertilizzante naturale largamente usato prima che inventassero quelli sintetici; in parole povere, si tratta degli escrementi di migliaia e migliaia di uccelli di mare (stormi che, quando si alzano in volo, arrivano a oscurare il cielo) che si accumulano nel tempo; tali formazioni sono molto comuni nelle isole del Pacifico che fronteggiano la costa dell'America del Sud. Con il passare degli anni, i depositi si organizzano in strati di materia friabile e grigia, ricca di componenti nutritive per il terreno.

Per quanto si siano dati da fare in laboratorio, nulla è in grado di battere questo fertilizzante naturale.

Una o due volte all'anno i depositi vengono scavati, e il materiale raccolto imballato e trasportato sul continente per essere smerciato altrove. Quest'attività richiede il lavoro di parecchie migliaia di uomini: parte impegnati a staccare il guano dalla roccia e a frantumarlo, parte a trasportarlo giù dalla sommità delle montagne, dove si trova di solito, fino al porto dove verrà imbarcato. È un lavoro che porta via parecchie settimane, e a opera finita, quando tutti se ne vanno, sull'isola resta un custode che bada a difendere gli uccelli dai predatori.

Guillermo Sanchez Araníbar era l'incaricato dell'isola di Huañape, che distava trenta chilometri dalla terraferma. Era un bel posto con palmeti verdeggianti, circondati dalla finissima sabbia bianca di cui il luogo andava fiero, e con ogni pianta così carica di noci di cocco che si curvava fin quasi a lambire le onde del mare. L'acqua blu trasparente che circondava l'isola lasciava intravedere un palpitante universo di vita sottomarina, con i suoi banchi di pesci dai colori brillanti che nuotavano fra i coralli. La calma della superficie era interrotta soltanto dai guizzi voluttuosi di un delfino di passaggio, che si trastullava in quello splendore di vita.

Nonostante tutte le sue bellezze, l'isola era un posto solitario. Eppure Guillermo Sanchez Araníbar l'amava. Era stato sposato due volte e si era reso conto che la vita che proponeva quel romito scoglio in mezzo al mare non era allettante per una coppia, ma solo per lui.

Tant'è che le sue mogli erano fuggite una via l'altra dopo un paio d'anni di matrimonio. Una volta che l'isola aveva perso il suo fascino, erano state sopraffatte dalla noia e dalla delusione che quella vita solitaria comportava. Così Guillermo Sanchez Araníbar, arrivato a cinquant'anni, aveva accettato il suo destino.

Avrebbe vissuto facendo ciò che sapeva fare, da uomo solo, per il resto dei suoi giorni.

***

In una delle rare occasioni in cui Guillermo si trovava sulla terraferma per procurarsi le scorte di cui aveva bisogno, gli accadde di incontrare una ragazza appena arrivata lì dalle montagne con tutta la sua famiglia. Non era una ragazza qualunque, ma Isolina Léon de Guerra, una splendida giovane nel fiore degli anni, dai capelli castano fulvo che le scendevano dolcemente sulle spalle. Nel suo volto splendeva un sorriso che le nasceva dal cuore, e gli occhi abbagliavano, tanto erano vivi. Quella luce nello sguardo, che avrebbe conservato per il resto dei suoi anni, stregò Guillermo fin dal primo incontro, e non lo lasciò più andare. E lo stesso fu Guillermo per lei. Quando si dice amore a prima vista.

Ma erano sul continente, e c'erano delle regole da rispettare: la famiglia di lei mai avrebbe permesso che la giovane figlia, appena diciassettenne, sposasse un pescatore già al terzo matrimonio. Guillermo e Isolina, persi nel loro amore, fecero l'unica cosa a cui poterono pensare: nell'oscurità di una notte senza luna rischiarata soltanto da fioche stelle, salparono con la barca di Guillermo e lentamente presero il largo per ritornare all'isola di lui. Soltanto là si sarebbero liberati delle convenzioni come di funi d'ormeggio, e avrebbero potuto dare libero sfogo al loro amore chiamando a testimoni soltanto qualche leone marino o qualche delfino di passaggio, i pinguini di Humboldt e le migliaia di uccelli che erano i veri signori dell'isola di Huañape.

Dono d'amore

Ai tempi della seconda guerra mondiale le isole del guano furono quasi dimenticate, e ciò aveva permesso a Guillermo e Isolina di vivere il loro amore senza che anima viva venisse a giudicarli o a disturbarli. La famiglia di lei aveva anche smesso di cercare la giovane, pensando che avesse lasciato il Paese con il vecchio pescatore.

Abitavano in una casupola a pochi metri dalla riva, da dove non si stancavano di ammirare i tramonti spettacolari e sempre diversi che ogni giorno il cielo offriva loro. Guillermo aveva insegnato a Isolina tutto quello che sapeva delle tante specie di magnifici uccelli che l'isola ospitava: cormorani, sule, pellicani e gabbiani. Isolina conosceva a menadito le rotte migratorie, il modo con cui si corteggiavano per l'accoppiamento e si prendevano cura dei loro pulcini, mentre Guillermo teneva d'occhio le nidiate perché non finissero in pasto a rapaci come il condor, l'uccello predatore più grande del mondo, che poteva utilizzare i suoi tre metri d'ali per scendere in picchiata dalle cime maestose della terraferma e raggiungere così le altre isole dell'arcipelago del guano in cerca di nidi per le sue razzie.

L'accoppiamento non era riservato unicamente ai volatili dell'isola. Il sentimento fra Guillermo e Isolina era tenace, e i loro rituali d'amore venivano contemplati solo dagli uccelli, che però mai li giudicavano. Non c'erano pettegolezzi o basse insinuazioni di lingue velenose. C'era solo l'amore, non contaminato dalla piccineria dei continentali incapaci di apprezzarlo come dono fine a se stesso.

Trascorsero due inverni e due primavere e Isolina, incinta, diede alla luce un figlio sano e vispo. A quell'epoca aveva diciannove anni ed era un'avvenente giovane donna, ingenua e innamorata. In quei giorni era diventata madre, e ne era molto orgogliosa.

Al figlio mise nome Antonio, e quel bambino crebbe in un mondo senza regole, dove i confini territoriali non si avvertivano, e l'idea della patria era alquanto indistinta: Antonio aveva avuto la fortuna di nascere in un mondo dove tutto era possibile, perché tutto era là e aspettava di essere scoperto o inventato. E, più di ogni altra cosa, Antonio era nato in un posto libero da bugie, da maldicenze e dal comune senso del giusto e dello sbagliato.

La saggezza degli uccelli

Un bel mattino, Antonio si arrampicò tra le rocce e la boscaglia per raggiungere la sommità dell'isola nel momento in cui i veri abitanti del luogo, gli uccelli, partivano per i loro voli quotidiani in cerca di cibo nelle fredde correnti dell'oceano. Si alzarono di colpo tutti insieme, formando una scura nube nel cielo e assordando Antonio con il battito di migliaia di ali. A un certo momento virarono in massa a ovest, e il ragazzino, che era rimasto sulla vetta rocciosa, continuò a osservarli fino a quando l'ultimo uccello non si ridusse a un punto all'orizzonte.

Antonio era rimasto estasiato dello spettacolo maestoso offerto da madre natura. Quando si voltò per scendere si rese conto, con sua grande sorpresa, che suo padre era lì dietro di lui, seduto su un macigno, la schiena addossata a un enorme lastrone piatto di roccia, il piede destro posato su un grosso ciottolo. Guillermo si trovava proprio dove prima c'erano gli uccelli e anche se era in un posto tutto ricoperto dagli escrementi, sembrava contento, con la pipa stretta nella mano destra, mentre con l'altra si accarezzava il mento. Il suo sguardo si perdeva all'orizzonte, là dove si era appena dissolto lo stormo, e stava sorridendo quando gli si avvicinò suo figlio.

«Rendi la tua vita semplice e trasparente come questo giorno: meravigliati della bellezza di un tramonto, o di migliaia di uccelli marini che spiccano il volo da quest'isola alla ricerca del cibo offerto dalle profondità dell'oceano. Cercano nutrimento, lo trovano e, una volta sazi, fanno ritorno al luogo a cui appartengono. Trascorrono il giorno a badare ai piccoli, se è estate, a fare toeletta o a prendersi cura gli uni degli altri. Non sparlano degli altri uccelli e non stanno a controllare se uno è stato ligio e fedele in coppia. Non giudicano chi è troppo grasso o troppo magro. Non invidiano chi è più bello né tormentano crudelmente chi è più brutto. Non pensano affatto al domani: *vivono alla giornata*, apprezzando il momento presente, l'istante. Il concetto è semplice: questo è quanto c'è da sapere.

«Eppure fuori da questo posto, sulla terraferma», continuò Guillermo rivolto a suo figlio, «gli altri come noi non sembrano avere uno scopo di vita, e passano le loro esistenze a invidiare il prossimo o a dire male dei vicini, a criticare ciò che non sanno o non capiscono. Lottano gli uni contro gli altri e si sfidano di continuo per il predominio.» Abbracciò il bambino e aggiunse: «Sfortunatamente, Antonio, un giorno scoprirai questo da te, prima o poi, perché non posso trattenerti su quest'isola per sempre. Comunque è così che funziona la vita».

A quell'epoca Antonio aveva circa cinque anni, e, sebbene non sapesse ancora né leggere né scrivere, aveva imparato a fare attenzione alle parole di suo padre alla stessa maniera in cui aveva imparato a capire il linguaggio degli uccelli, o a riconoscere il lamento di un pinguino di Humboldt quando nel cuore della notte non trovava più i suoi piccoli, o a vedere come in estate i leoni marini e i delfini accorrevano in massa per cibarsi nelle acque prospicienti l'isola e in inverno le possenti balene dalla gobba zampillante, nuotando al largo, si dirigevano a nord, verso acque più tiepide.

Antonio non aveva mai avuto modo di contaminare la propria mente di bambino con il pregiudizio, l'invidia o l'odio. Aveva imparato a gioire del mondo per come era, senza fare domande, senza avere dubbi. Osservando attentamente ogni cosa lo circondava, si era creato un universo che rispecchiava, né più né meno, la pura verità. E sebbene si rattristasse quando un rapace rubava un uccellino da uno dei nidi, aveva accettato l'idea che i predatori non comportassero per forza dei danni, erano solo dei poveri animali affamati in lotta pure loro per la sopravvivenza.

Antonio aveva capito che la verità gli era di fronte: nuda e cruda, e unica. L'aveva accettata, abbracciandola in pieno.

Si era anche ricordato di quanto gli disse una volta suo padre:

I sogni sono come piume:
se nella vita ne raccogli abbastanza,
un giorno spiccherai il volo
alla volta dei tuoi sogni, verso il tuo destino.
Raccogli una piuma ogni volta che la vedi,
perché è scesa dal cielo,
la meta a cui si deve anelare.

Crescendo

Antonio continuò a crescere forte e sano. All'età di sei anni andava in giro per l'isola tutto il santo giorno. A ridosso della costa sud aveva avvistato dei polipi, qualche stella di mare e dei ricci abbarbicati agli scogli nel tentativo di sottrarsi alla risacca.

Poteva passare ore intere a guardare quelle creature di mare, affascinato dai mille modi con cui si mimetizzavano perfettamente con l'ambiente. I granchi a sei zampe non avevano paura di Antonio, che se li fece amici.

Gli permettevano di avvicinarsi per poi scappargli sul palmo della mano. A volte gli si arrampicavano sulle spalle per piluccare le alghe e gli altri resti che gli rimanevano addosso dopo i bagni in mare, o per cibarsi degli escrementi di uccelli che gli imbrattavano i piedi. Antonio rideva ogni volta, solleticato dalle chele.

La differenza tra Antonio e tutti gli altri bambini che abitavano sulla terraferma era tanto semplice, e ancora una volta aveva grande rilevanza: gli era permesso di spostarsi liberamente in tutta quanta l'isola. Parole come «paura», «isolamento» o «pericolo» erano fuori dal suo ristretto vocabolario.

Suo padre, del resto, passava la maggior parte del tempo a pescare, a proteggere gli uccelli che producevano guano o a fare la spola con la terraferma per procacciarsi le merci che non si trovavano sull'isola: carburante, candele, alcuni tipi di ortaggi, riso e altri beni che barattava con il pescato del giorno, da cui sottraeva prima la quantità destinata al sostentamento della famiglia.

Isolina aveva a quell'epoca ventitré anni e, sebbene fosse già madre, si comportava come una fanciulla innamorata.

Non aveva mai saputo tirar su un figlio. La natura, saggia di suo, aveva fatto sì che il suo seno al momento giusto si riempisse di latte perché potesse offrirlo al bimbo: è proprio vero che ogni volta che nasce un figlio nasce anche una madre.

Però era cresciuta in un piccolissimo villaggio tra le montagne, e quando la sua famiglia si era trasferita in un ambiente più frequentato, sulla costa, lei si era subito innamorata di un uomo che aveva il triplo della sua età con il quale era fuggita perché i suoi non avrebbero mai permesso quella relazione.

Dunque Isolina non aveva mai visto allevare un figlio. Per lei era del tutto naturale che il suo bambino scomparisse per giornate intere nella bellezza dell'isola. Il piccolo era tanto creatura sua quanto degli alberi, della spiaggia e del mare.

Nessuno le aveva mai fatto notare che gli scogli erano pericolosi, e i ricci di mare dolorosi al tatto; nessuno le aveva mai detto che affogare era un'eventualità più che probabile, per un bambino di pochi anni che cadeva in mare.

E siccome Isolina non era in grado di immaginare

questo genere di pericoli, non poteva nemmeno preoccuparsene. Perché la paura nella maggior parte dei casi è un sentimento umano che s'innesta nella nostra mente senza ragione.

La paura dà potere a quelli che la usano contro gli altri esseri umani.

Legge di natura

Un bel giorno Guillermo decise che era venuto il momento di portare suo figlio in barca, quella con cui salpava per pescare. Sentiva che doveva far conoscere ad Antonio i rudimenti della sopravvivenza, perché sapeva anche che lui non sarebbe vissuto in eterno per prendersi cura della sua famiglia. Quindi tanto meglio che il ragazzo imparasse il fatto suo al più presto.

Quella fu la prima esperienza di Antonio sull'acqua. Il lento beccheggiare dell'imbarcazione aveva aumentato l'eccitazione del ragazzino mentre preparavano le reti da pesca. Alla fine, tutto il lavoro era fatto. Antonio si issò oltre la fiancata e poi si mise a sedere sul fondo della barca, dove il legno si era fatto scuro e consunto.

«Antonio», lo avvertì suo padre, «fai attenzione a quel punto. È una vecchia barca, e lì il legno non può sopportare troppo peso.» Il figlio si spostò con grande agilità al centro dell'imbarcazione, ben lungi dalla zona dove la chiglia era consunta e rovinata. Poi si girò e salutò Isolina con un cenno della mano, mentre suo padre slegava la fune dell'ormeggio. Con un solo movimento del corpo, Guillermo saltò nella barca e la spostò con un colpo di remo. Dopo pochi istanti erano al largo, intorno a loro solo il mare.

Guillermo puntò a ovest, andando in direzione opposta rispetto al sole nascente e incontro al vento. «Attento!» gridò a un certo punto al figlio. Antonio si era spostato troppo verso il bordo e uno spruzzo particolarmente potente di schiuma finì per investirlo in pieno. Il ragazzino si asciugò tra le risate. Guillermo condusse la barca per dieci miglia prima di gettare le reti in mare, ma lo sforzo venne ampiamente ripagato. Le reti, una volta issate a bordo, avevano liberato dozzine di suri che guizzavano di qua e di là, tanto erano vivi. «Quanti pesci! Non sono un po' troppi?» esclamò Antonio rivolgendosi a suo padre. «Che cosa ce ne facciamo?»

«Hai ragione, sono un po' troppi, per noi», disse il vecchio. «Prendi quelli più piccoli e gettali di nuovo nel mare. Noi non ne abbiamo bisogno, e loro possono vivere e crescere un altro po'.»

Antonio a quelle parole si sentì felice. Anche se era motivo di tristezza vedere quante creature venivano uccise, capiva anche che stavano facendo la cosa giusta, prendendo cioè solo l'indispensabile, come aveva visto fare agli uccelli, ai delfini, ai leoni marini. Gli animali uccidono solo quanto basta a sfamarsi, lasciando che le altre prede se ne vadano per la loro strada.

Il bambino prese con cura i pesci più piccoli intrappolati nella rete e li rimise in acqua di nuovo, e questi iniziarono a nuotare con gli altri fino a scomparire sotto la superficie del mare. Contemporaneamente il padre di Antonio afferrò i pesci più grossi, li squartò con un coltello e li ripulì delle interiora perché non si guastassero subito; poi li cosparse di sale preso da un sacchetto che portava sempre con sé, così si sarebbero mantenuti bene più a lungo.

Ecco come, all'età di sei anni, Antonio capì che esiste una legge di natura. A volte può sembrare spietata e crudele, anche quando è applicata con giudizio: ma in essa si rivela la saggezza stessa dell'universo che consente a tutte le creature di vivere in buona salute e felici e di perpetuare la loro specie.

Nebbia

Accadde un pomeriggio: Antonio stava pescando con suo padre parecchie miglia al largo dell'isola. In quel tratto di mare il sole canicolare può surriscaldare le fredde correnti dell'oceano dando luogo a una fittissima nebbia. La coltre era così impenetrabile che il giovane riusciva a stento a intravedere suo padre sulla stessa barca. *Cautela!* questo avrebbe potuto leggere negli occhi del padre in momenti critici come quello. Ragion per cui Antonio fermò il motore e abbassò l'ancora dall'imbarcazione, che sembrava così piccola su quel mare tanto ostile.

Il paesaggio era pervaso da una calma soprannaturale. L'oceano era uno specchio. Non c'era un alito di vento, e la barca dondolava dolcemente al ritmo di infinitesimali increspature dell'acqua. Ogni cosa appariva immobile, di una tranquillità eccezionale... l'unico suono in quel silenzio era lo sciabordio contro la chiglia.

«Che cos'è?» chiese Antonio a un certo punto.

Suo padre sorrise, sapendo esattamente ciò che suo figlio, a quell'età ingenua, stava cercando di fargli dire.

Aveva provato lo stesso meraviglioso sentimento molti anni prima, e in quel momento era felice di condividere «il segreto» con il suo bambino.

«Quello che tu mi chiedi, caro figliolo, è una delle esperienze più importanti che tu possa fare in vita tua.» Fissò Antonio con occhi che non avevano bisogno di parole. «Che cosa senti?» chiese il vecchio.

«Nulla», confessò Antonio.

«Pensaci bene», disse Guillermo.

E a quel punto Antonio, libero dai condizionamenti, con una mente non contaminata dalla paura dell'ignoto, rispose nel più naturale dei modi: «*La musica del silenzio*».

«Già», fece suo padre. «Tempo fa, mi venne detto che il silenzio non ha suoni; niente da spiegare, è solo silenzio. Eppure durante gli anni, nella solitudine delle mie isole, ho imparato che il silenzio ha una sua essenza, e che, se chiudi gli occhi e lasci fluire te stesso nel divenire dell'universo, ha suono e ritmo propri. Il silenzio è una musica eseguita dalla natura, non dagli esseri umani. Ho imparato anche che nel vero silenzio sei in grado di trovare le risposte che l'universo ha in serbo per te, se soltanto dimostrerai la volontà di sottrarti alla 'pazza folla'. Ricordati: il silenzio come quello che stai vivendo ora è difficile da trovare, e ancor più difficile da capire.»

«Ma io capisco», disse Antonio.

«Molto bene», rispose suo padre. «Te lo garantisco, e bada bene che questa è una promessa che ti faccio, non importa dove ti trovi, solo in mezzo all'oceano, circondato degli uccelli che ami tanto o inghiottito dalla fiumana di gente con cui vivrai un domani, se tu puoi ricordare questo silenzio che hai sperimentato e riprodurlo in te ogni volta in cui ne avrai bisogno, sarai sempre capace di ascoltare la musica dell'universo, la musica composta da Dio. Essa ti darà le risposte vere, illuminerà i punti oscuri della tua esistenza. Non dimenticartene.»

«No, padre, ti prometto che non lo dimenticherò mai», rispose Antonio.

Un altro mondo

Arrivò il giorno in cui Antonio compì i sette anni. I suoi genitori sapevano che prima o poi sarebbe giunta l'ora, il momento in cui si sarebbe infranto il magico mondo in cui il ragazzino aveva trascorso tutta la sua breve esistenza.

Antonio era un essere umano, e Guillermo e Isolina, nel profondo del loro cuore, erano consapevoli del fatto che un giorno avrebbe dovuto ricongiungersi con l'umanità, unirsi a quelle anime perse che correvano di qua e di là tutto il tempo, perseguendo un'esistenza che aveva una ragione d'essere ma non uno scopo; e, sebbene sapessero che la decisione che avrebbero preso avrebbe inciso profondamente sull'avvenire del figlio, sapevano anche che non avevano il diritto di scegliere per lui. Certo, fino ad allora erano stati in grado di proteggerlo dal mondo esterno, dall'odio, dal male, dall'invidia, ma doveva essere Antonio, crescendo, a prendere la sua decisione su che cosa fare della sua vita. Quel che loro potevano fare era mostrargli che cosa c'era al di fuori del piccolo mondo isolano di Huañape.

Perché amavano profondamente il loro figlio, e quest'amore era tanto forte da lasciarlo libero: di vedere il mondo con i suoi occhi, di fare degli errori, magari, di stupirsi, di imparare che su questa Terra ci sono il bene e il male.

Allora, e soltanto allora, Antonio sarebbe stato in grado di prendere una decisione su ciò che avrebbe voluto fare di sé.

I suoi genitori gli volevano un mondo di bene, ma sapevano anche di non poter disporre della sua vita, e come loro un giorno avevano fatto la loro scelta lasciando tutto e rifugiandosi sull'isola, così Antonio aveva diritto alla sua.

* * *

Al calar della notte, nella loro casupola di legno, Guillermo chiamò Antonio. All'interno, l'oscurità vellutata era interrotta soltanto dal chiarore di due candele: una sul davanzale di legno in prossimità della porta e l'altra sopra un tavolo malfermo, anch'esso di legno. Le ombre danzavano tremule alla luce delle fiammelle che rischiaravano la piccola stanza dove sedeva la famigliola.

«Figlio mio.»

«Sì, papà.»

«È arrivato il tuo momento: non abbiamo il diritto di trattenerti su quest'isola. Sappiamo che anche tu ami questi posti, ti piace viverci in pace; ma vedi, là fuori c'è un mondo intero, grandissimo, fatto di tanti esseri umani. Ci sono i buoni e i cattivi. Non abbiamo il diritto di tenerti lontano da tutto questo. Per farti decidere che vita vuoi condurre da grande, devi farti le tue esperienze in quell'ambiente, un ambiente non soggetto alle leggi di natura come qui sull'isola, ma alle regole dettate dalle tradizioni, dal denaro, dal potere e da altre questioni che devi vedere da te.»

«E perché mai?» chiese Antonio. «Sono felice, quaggiù, con voi due: mi piacciono gli uccelli, i delfini, le balenottere. Sono loro i miei amici. Perché devo andare via?»

«Devi ricordarti che non ci saremo per sempre, e prima o poi dovrai imparare a contare solo su te stesso. Non abbiamo il diritto di trattenerti su quest'isola. Là fuori un mondo intero ti attende, e dovresti viverci per un po'. Allora sì che potrai decidere che cosa vuoi fare in futuro.

«Devo andare sulla terraferma fra tre giorni», aggiunse Guillermo. «Ripensa a quanto ci siamo detti. Dove andiamo potrai imparare a leggere, a scrivere, apprendere tante cose del mondo; circondarti di bambini come te. Può essere un'esperienza traumatica, ma anche esaltante: più ne saprai del mondo, più possibilità avrai.

«Non ti spingiamo a fare questo passo», disse. E aggiunse: «Solo, pensiamo che dovresti farlo, per il tuo stesso bene». Il padre di Antonio rivolse il suo sguardo alla moglie che nel frattempo si era messa a piangere: calde lacrime lentamente rigavano le sue guance di madre.

«Tre giorni, Antonio: va' e sta' per conto tuo, con la musica del silenzio che hai imparato ad ascoltare, e una volta che avrai preso una decisione fammela sapere.»

Quella notte, Antonio si sedette sulla vetta di un picco scosceso vicino al punto più alto dell'isola, con le gambe a penzoloni e lo sguardo perso sulla maestà dell'oceano. La luna piena riempiva il cielo e il mare nero riluceva di bagliori argentei.

Le sue adorate sule dormivano strette strette nei loro nidi nei crepacci. Sì, sapeva che per tutta la vita sarebbe stato legato a questi frammenti di mondo che aveva imparato ad amare e ammirare. Ma, in fondo all'anima, sapeva che doveva vedere da sé la verità di altri mondi, di altri modi di vivere. Allora, e solo allora, avrebbe potuto decidere dove stare, a cosa dedicarsi. Quella notte, senza altri testimoni al di fuori delle creature che amava tanto, circondato dalla musica del silenzio che soltanto coloro che hanno imparato ad ascoltare madre natura possono udire, Antonio decise che avrebbe dovuto fare un salto verso l'ignoto, ben lontano dalla sicurezza dell'isola.

Per quanto? Non lo sapeva. Eppure sapeva che i suoi genitori lo amavano di un amore sincero, e li avrebbe sempre ringraziati per avergli dato questa opportunità e averlo lasciato libero di scegliere.

Avrebbe passato i due giorni che gli rimanevano a rivedere i luoghi preferiti dell'isola, così da incamerarli nella mente e nel cuore, per portarseli dietro con sé in quella terra dove, così gli avevano raccontato, vivevano migliaia e migliaia di uomini.

Il viaggio

Tre giorni e tre notti passarono veloci come brezza.

Antonio era pronto. Aveva già comunicato la sua scelta ai genitori. In una piccola sacca aveva messo un paio di scarpe nere, tre camicie e due paia di pantaloni. Dopo una breve riflessione aveva tolto una camicia, e vi aveva avvolto con cura due conchiglie che, in segreto, aveva sempre stimato come uno dei suoi tesori più grandi. Aveva timore della decisione presa, per via di quella paura dell'ignoto che a volte paralizza la volontà dell'uomo adulto, figuriamoci di un ragazzo. Eppure, nel profondo del suo cuore, sapeva che doveva fare quello che appunto si accingeva a compiere, nel bene e nel male.

Per sapere ciò che voleva veramente, doveva scegliere.

Fortunatamente per lui, Antonio non sapeva che chi ha accumulato tanti bei ricordi nell'infanzia, sarà sempre salvo.

Era un tardo pomeriggio: a riva suo padre stava già attrezzando la barca per il viaggio sulla terraferma. Sua madre era già a bordo, e fissava Antonio che esitava a salire sull'imbarcazione.

«Su, Antonio, è ora di andare», furono le sole parole di suo padre.

Antonio si girò per dare un ultimo sguardo alla cima solitaria che usciva dal suolo come se cercasse diperatamente di raggiungere il cielo, alle palme rigogliose e cariche di noci di cocco, alla loro casupola di legno. Gli uccelli del guano volteggiavano lenti a mezz'aria come in attesa di chissà che, facendo ritorno al nido dopo un'intera giornata di pesca. I leoni marini e i pellicani si avvicinarono alla barca, giocando nell'acqua. Un altro giorno di paradiso, pensò Antonio. Poi saltò dentro la barca per sedersi al fianco di sua madre. Isolina lo circondò con le braccia e lo tenne stretto mentre lui scoppiava in lacrime.

Quando la barca prese il largo, con il suo procedere lento ma inesorabile, non una parola venne proferita; soltanto la voce dell'oceano poteva essere udita: la musica del silenzio, un suono che Antonio aveva imparato ad ascoltare e che presto sarebbe stato sommerso dalla frenesia del mondo che stava per visitare.

La luce solitaria di un molo traballante fu la prima cosa che vide Antonio della terraferma. A mano a mano che la barca si avvicinava alla costa, nell'oscurità totale vide guizzare un bagliore, poi un altro, e un altro ancora. Le luci si muovevano, scomparivano e riapparivano seguendo varie direzioni. Antonio non aveva mai sentito parlare di automobili o di fanali. Per lui, ragazzino, questo spettacolo sconosciuto rappresentava un futuro ricco di promesse.

Guillermo avanzò lentamente fino al molo. La barca urtò leggermente il sostegno con un lieve *toc* prima che lui riuscisse a balzare fuori e ad assicurarla all'ormeggio con la fune. Una volta finite le manovre d'attracco, Isolina e Antonio sbarcarono a terra, cercando la mano ferma che Guillermo offriva loro per aiutarli a scendere: ne avevano proprio bisogno!

«C'è da camminare per un chilometro almeno, prima di arrivare alla strada: stiamo uniti, conosco un sentiero che ci porterà oltre le dune di sabbia», disse il padre di Antonio.

Si misero in moto tutti e tre. La bruma aleggiava in una coltre pesante, impregnando il suolo. La sabbia bagnata si attaccava ai loro piedi. La marcia principiò in una valle fra due grandi dune, e procedette in direzione di quelle strane luci che si muovevano senza posa. Dopo qualche tempo che avanzavano, la quiete della notte venne squarciata da un rumore che assomigliava incredibilmente a quello della barca di Guillermo, e a tratti anche molto più forte. Queste luci danzanti avevano forse lo stesso tipo di motore?

Dopo mezz'ora di marcia nella sabbia Antonio s'imbatté in una lingua scura e compatta che attraversava il deserto.

Quando si avvicinarono a essa, suo padre disse: «Antonio, questa è una strada. Qui prenderemo la corriera per andare in città». Il ragazzo era stupefatto. Il fondo della «strada» era compatto come la roccia e più piatto dell'oceano in un giorno senza vento.

Dieci minuti più tardi, spuntarono all'orizzonte due luci parallele che procedevano alla stessa velocità. Il padre di Antonio fece un cenno con la mano, ma quelle continuarono ad avanzare, puntando verso di loro.

Antonio allora andò in mezzo alla strada e incominciò a sbracciarsi, imitandolo.

Le luci gli indirizzarono un ruggito furioso e potente.

L'unica cosa che poté ricordare in seguito fu il balzo di suo padre che lo tirava via di colpo, togliendolo dal bel mezzo di quella colata nera un attimo prima che le luci accecanti si arrestassero proprio dove si trovava lui. Quella era stata la prima volta che Antonio aveva visto una «corriera» in vita sua. A momenti lo uccideva, e quella era solo una delle esperienze spaventose che il ragazzo avrebbe fatto nel mondo degli uomini.

PARTE SECONDA

L'isola del cemento

Il viaggio verso la città durò sei ore.

Antonio non era riuscito a dormire lungo il tragitto. A differenza dei suoi genitori, che si erano assopiti durante la notte, il ragazzo non si era addormentato per l'apprensione che sentiva dentro. Seduto accanto al finestrino, guardava fisso il deserto che scorreva davanti ai suoi occhi al di là del vetro. Questo mondo era molto diverso da come se l'aspettava: la gente scorrazzava su altri trabiccoli meccanici come quello su cui si trovava lui, e dovunque dovesse andare cercava di arrivarci nel minor tempo possibile. Ogni fascio di luce lo catturava fino a quando scompariva. Sembrava che non ci fosse posto in questa vita per prendersi una pausa e gioire di fronte alla prorompente bellezza di un chiaro di luna nel deserto.

Nel suo minuscolo habitat, Antonio aveva girovagato seguendo le orme lasciate dai suoi stessi piedi. Poteva visitare ogni angolo in qualunque momento, ogni volta che gli saltava in mente: dal posto prediletto dagli uccelli per fare i nidi alla punta dove i leoni marini si esibivano in mirabolanti giochi d'acqua, a quel luogo speciale a lui tanto caro da cui si ammirava il tramonto, e che si trovava in cima all'isola. Il mondo di Antonio non era più così semplice, spirituale e quieto.

Il rumore assordante delle vetture che sfrecciavano lungo la strada asfaltata faceva più baccano del motore della barca di suo padre, e lui non era mai riuscito a sopportare neanche quello. Che cos'altro avrebbe scoperto nel mondo in cui era diretto?

La notte buia e vellutata stava virando di colore, schiarendosi in striature violette e amaranto. Si faceva giorno, proprio in tempo perché Antonio occhieggiasse qualcosa che lo fece vacillare. In lontananza si stagliavano a perdita d'occhio edifici dieci, cento volte più grandi della casetta di Huañape, incorniciati soltanto dalle pennellate aranciate e vivide del sole nascente. Quelle costruzioni riparavano i loro abitanti, ma a che prezzo. Il netto contrasto fra la bellezza di quell'alba selvaggia e i caseggiati significava una cosa soltanto: la gente aveva perso il contatto con la natura.

Antonio viaggiava attraverso il deserto piatto, monotono, dove non c'era null'altro che sabbia, interrotto soltanto da quella strada nera come la notte su cui la corriera viaggiava per condurlo là dove suo padre aveva detto che vivevano tanti esseri umani tutti insieme.

Quando il veicolo giunse nei pressi dell'insediamento urbano, Antonio rovesciò il capo all'indietro fissando con sconcerto l'altezza e la maestosità di quei palazzi. Cemento e vetro troneggiavano ben sopra la sua testa: non riusciva a capacitarsi di che cosa li tenesse in piedi. Nell'isola la cosa più maestosa che ci fosse erano le balene, e nessun edificio era più grande della sua casupola. Ma era la prima volta che vedeva una città, non aveva neppure le parole per descriverla.

Il padre di Antonio si destò. Si stropicciò gli occhi e dopo essersi stiracchiato per qualche istante prese il figlio per mano. «Ci siamo quasi», disse. «Non ti preoccupare. Capisco che ogni cosa possa sembrarti differente e nuova, eppure tua madre e io siamo sicuri che inizierai a capire e ti abituerai a questo posto.»

Il bambino sorrise: si sentiva più rassicurato, ora che suo padre era sveglio. Anche sua madre aprì gli occhi, e la prima cosa che vide in quell'alba fu il sorriso di suo figlio.

Il tempo avrebbe insegnato ad Antonio la ricetta per sopravvivere sull'isola del cemento, qualcosa che aveva a che fare con i sentimenti più intimi per fronteggiare le esperienze più dure che gli sarebbe capitato di vivere per integrarsi in questo nuovo mondo e al contempo *non* perdere l'essenza della bellezza della natura in cui era cresciuto. Sebbene ancora non lo sapesse, la sua vicinanza alla natura sarebbe stata la sua arma migliore per salvargli l'anima.

Parenti

Alla stazione delle corriere i tre trovarono ad accoglierli alcuni parenti: si erano mossi da casa appositamente per dar loro il benvenuto.

I tempi erano cambiati, da quando Guillermo e Isolina se n'erano andati sull'isola di Huañape per poter vivere la loro storia senza pregiudizi.

Ora la famiglia di lei aveva accettato la decisione dei due, e, dopo momenti di burrasca, pettegolezzi e disapprovazione generale, il loro amore aveva trionfato.

Soprattutto, Antonio ne era la prova vivente, e tutti i membri della famiglia erano felici di incontrare quel nuovo componente del clan.

***

Raggiunsero in automobile una palazzina a due piani alla periferia della città.

Antonio, ancora attonito di fronte all'ambiente urbano, non staccava il naso dal finestrino della vettura, quasi vi ci fosse incollato, scorgendo novità mai viste prima.

Una fiumana di gente andava da un posto all'altro. Quanta gente! Ognuna di queste persone era di fretta, caparbia nel voler raggiungere la propria meta.

Sull'isola, il ragazzo sapeva che ora era semplicemente dando un'occhiata agli uccelli del guano che facevano ritorno ai loro nidi o in base alla posizione del sole in cielo. Da quelle parti, invece, sembrava che le cose girassero in tutt'altra maniera. Antonio si ritrovò quasi assordato dallo strepitio dei motori e dal brusio dei passanti; quanto all'aspetto della gente di città, alcuni sembravano arrabbiati, altri avevano un'aria preoccupata, e solo una ristretta minoranza sfoderava un sorriso genuino.

***

Eccoli davanti alla casa che li avrebbe ospitati. Antonio scese dall'automobile e fece il suo ingresso in quella reggia di città. Ne rimase colpito: ogni cosa era così... pulita! Non c'era traccia di sporcizia, di sabbia, nessun escremento d'uccello, nemmeno l'odore. Un pavimento di legno, tutte le pareti imbiancate da cima a fondo, e altre cose meravigliose e sconosciute. Era un'abitazione enorme! Come potevano aver costruito una casa sopra l'altra? Che materiale avevano usato?

Intanto nella mente del bambino si rincorrevano tante di quelle domande... ma le risposte, ahimè, erano poche.

Al primo piano i genitori di Antonio conversavano del più e del meno con i loro parenti. A un certo punto, lo zio di Antonio chiese a Guillermo: «Lo sai che il ragazzo deve andare a scuola, vero?»

«Sì», ammise il genitore.

«Molto bene», disse lo zio. «Abbiamo pensato di fargli frequentare una scuola maschile che è a due passi da casa. In questo modo si abituerà ai ritmi di città, alla routine quotidiana senza allontanarsi troppo da casa. Sa già leggere e far di conto?»

«Un po'», intervenne sua madre Isolina. «Io ho portato con me qualche testo facile facile, sull'isola, e gli ho comprato pure carta e penna. Penso che non avrà problemi a rimettersi in pari con gli altri bambini. Impara alla svelta.»

«Benone», rispose lo zio di Antonio. «Così è già deciso. Sempre che vada bene anche a voi», aggiunse rivolgendosi ai genitori di Antonio, «ci muoveremo in modo da partire già dalla prossima settimana. Questo darà modo al ragazzo di prendere dimestichezza con il vicinato e con il suo nuovo stile di vita. So che deve avere la *sua* occasione, e credo che non sopravvivrebbe senza un'educazione che lo metta in condizione di affrontare il mondo e di essere competitivo.»

Così, senza che Antonio lo sapesse, altri avevano deciso il suo futuro, che lo avrebbe impegnato per ben dieci anni a venire: senza nemmeno chiedergli se voleva frequentarla, una scuola, né lasciargli scegliere quale.

Alla fine Antonio aveva fatto il suo ingresso in

una società dove gli adulti creavano tutte le regole. E questa benedetta società si basava su regole della tradizione, invece che sui principi di armonia che aveva appreso così bene nel silenzio della natura, incamerando un silente tesoro di saggezza.

A *scuola*

Antonio era entusiasta delle sue innumerevoli scoperte, ed era solo agli inizi.

Come la radio, un aggeggio con cui poteva ascoltare persone che vivevano a chilometri di distanza standosene comodamente nella nuova casa di città.

Aveva sperimentato la toilette, dove con un semplice getto d'acqua comandato da un bottone metallico poteva far scomparire i suoi bisogni!

La musica proveniva da una scatola metallica nel soggiorno.

E che dire della cucina!

Un aggeggio che rispondeva al nome di «frigorifero», una specie di armadio, manteneva il freddo all'interno, evitando al cibo di deteriorarsi.

Era anche andato a spasso con sua madre. Lei gli aveva spiegato che c'era un posto (tutto vasi, scatoline e provette) dove poteva trovare le medicine che, in caso di malessere, lo avrebbero fatto sentire meglio.

E poi c'erano i telefoni pubblici: se, dopo avervi infilato una moneta, componeva un certo numero, poteva mettersi in contatto con la casa di suo zio, e sentire proprio la sua voce! Bastava girare un po' per imbattersi in una luce rossa che significava «Stop» e una luce verde che stava a significare «Avanti».

Quante automobili e pullman per le strade! Perché mai la gente li utilizzava così tanto quando era piacevole fare una passeggiata in una bella giornata?

Antonio apprendeva alla svelta, ma più imparava, più cresceva la sua confusione. Quale scopo si nascondeva dietro il fare tutte queste cose? Rendere la vita più complicata, forse?

Prese una paginetta di carta consunta in cui c'era scritto qualcosa che suo padre aveva appuntato anni prima e che aveva chiesto al figlio di portare sempre con sé.

Si trattava di poche parole che Guillermo aveva scritto nel suo ambiente sperduto nei momenti in cui la musica del silenzio gliele aveva suggerite: le idee erano fluite di getto.

Benché sull'isola non servisse averle a portata di mano, più volte aveva pensato che quel piccolo talismano avrebbe potuto proteggere suo figlio dal nuovo mondo di cui sarebbe stato il testimone, e l'aveva conservato apposta per lui.

Ho scoperto tesori sul mio angolo d'isola.

Li porterò con me per tutta la vita, ma non li sottrarrò mai a quel luogo, perché sono sulla terra a cui appartengono.

Stupisciti della luna piena, ma non cercare di portartela con te: il suo posto è in cielo.

Riscaldati al sole, ma non dimenticare che non ti appartiene: appartiene a tutte le creature, grandi e piccole.

Sogna pure con le stelle, ma lasciale brillare di notte nell'alto del cielo: quello è il loro posto.

Non cercare di fermare il vento o di ripararti da esso. Sussurrerà alla tua anima la verità.

Spalanca porte e finestre quando le scorgerai nella tua vita, così potrai tenerti sempre la tua voglia di vivere. Senza di essa, non andrai da nessuna parte.

Ma più di tutto fidati di chi sei: sii sempre sincero con te stesso.

Vivere la vita di qualcun altro ti condannerà a uccidere una parte di te.

Antonio restò sorpreso a leggere ciò che suo padre aveva scritto su Huañape, in solitudine. Erano sue, queste parole?

Certamente sì, eppure ora, immerso in tutt'altro ambiente, gli sembravano fuori posto. La sua sensazione era che, prima o poi, avrebbe scoperto che certe cose non funzionavano allo stesso modo sull'isola del cemento e dei muraglioni.

A quel punto fece una promessa a se stesso.

Non importava che cosa sarebbe successo, quale futuro poteva esserci per lui, avrebbe sempre dato ascolto alla musica del silenzio, alla musica della natura, e si sarebbe attenuto strettamente a quella paginetta nelle cui parole suo padre aveva riversato il suo pensiero e la sua anima e che lo avrebbero aiutato a scoprire chi era veramente e che cosa voleva dalla sua vita.

Lunedì mattina

Antonio si prodigava con grande senso del dovere a emulare i suoi compagni. Indossava le stesse camicie e gli stessi pantaloni degli altri ragazzi e cercava almeno di capire bene gli insegnanti, soprattutto perché aveva molto più da imparare degli altri. Sebbene sua madre gli avesse trasmesso i rudimenti dello scrivere e del far di conto, il cuore di Antonio apparteneva alla natura. Era la natura in cui era immerso sull'isola di Huañape che lo aveva incantato.

Dopo la scuola, faceva i compiti e aiutava in casa nel disbrigo delle faccende domestiche. Aveva trovato anche il tempo per capire come funzionano la televisione, la radio e il telefono. Era affascinato dalla tecnologia, non perché intravedeva l'uso che poteva fare degli apparecchi, ma solo perché provava gioia e interesse nel capirne il funzionamento. Lui stesso, un bambino che era sempre vissuto con la mente aperta, poteva immaginarsi tutti quegli uomini che, sbrigliando sogni e idee, avevano inventato l'impossibile!

Il ragazzo dormiva pochissimo, cinque, forse sei ore per notte. Gli bastava. Senza saperlo, era stato abituato a dormire poco. Sull'isola della sua infanzia non gli era stato insegnato a temere l'oscurità. Gli capitava di addormentarsi appena toccava il cuscino e di risvegliarsi pieno di energie come se avesse dormito per dieci ore di fila. Si alzava bello pimpante, e subito si metteva all'opera per far fruttare ogni singolo istante della giornata.

Una volta, gli zii non riuscirono più a trattenersi.

«Ma come riesci a fare tante cose in un solo giorno?» gli domandò lo zio.

«Quante ore ha la tua giornata?» incalzò la zia.

«Be', e quante ne ha la vostra?» chiese lui di rimando.

«Ventiquattro...»

«Allora, lasciatevelo dire, avete un problema», rispose Antonio. «Io non ho mai tenuto il conto di quante ore abbia un giorno, ma penso che sia differente se penso alle cose che faccio e al tempo che mi occorre.»

Sorrise. «Vedi, mio caro zio, questo è un problema tuo e del mondo in cui vivi tu, non nel mio.» Poi, rivolgendosi a sua zia, aggiunse: «Hai mai fatto caso all'aria contrariata che ha la gente il lunedì mattina, come se stesse andando in qualche posto controvoglia?»

«Naturalmente», disse sua zia. «Il fine settimana è fatto per riposare, i restanti cinque giorni la gente deve lavorare per mantenersi, che le piaccia o meno. Ci sono i conti da pagare e altre faccende, hai presente?»

Antonio si fece pensieroso. «Perché mai la gente deve pagare i conti e sbrigare tutte le altre faccende?

Se a uno non piace ciò che fa, perché lo fa, se non si diverte a pagare i conti di cui mi parli?»

«Oh, Antonio, tu hai tanto da imparare», fece suo zio esterrefatto.

«Ma certo», rispose il ragazzo. «Spero soltanto che di tutte le cose che devo imparare di questo mondo in cui viviamo una non sia proprio di dover prendere quel muso lungo che tanti hanno il lunedì mattina...»

Amicizia

I buoni amici sono come il sole.
Non sempre puoi vederlo, ma sai che è sempre là.

Era difficile per Antonio farsi degli amici. La sua mente funzionava in un modo completamente differente da quella di tutti gli altri ragazzi nati e cresciuti sull'isola del cemento e dei muraglioni.

Credeva nel prossimo, si fidava del prossimo. Ogni volta che in una conversazione si cominciava a criticare qualcun altro, lui se ne andava. Il pettegolezzo era qualcosa che non poteva concepire.

Aveva una vita intera da vivere. Perché perdere tempo nel denigrare la gente, mentre era già così preso dai fatti suoi? Pensava che se uno non aveva niente di buono da dire sugli altri era meglio che se ne stesse zitto. Comunque poiché in ogni luogo esistono anime gentili, ce n'era una anche là: il suo nome era Ismaele.

La prima volta che Antonio lo vide, Ismaele stava proteggendo un bambino di cinque anni dalle grinfie di due bulletti di sei. Con i jeans strappati sul ginocchio e una maglietta a righe che non doveva aver visto troppi bucati, fronteggiava a muso duro i due prepotenti chiedendo che lasciassero in pace quel ragazzino. Con un sorriso a cui mancavano un paio di denti, giusto gli incisivi davanti, Ismaele era l'unica altra persona in città a dimostrare un sentimento per la vita simile all'entusiasmo di Antonio.

Ismaele, l'unico vero amico che Antonio fosse riuscito a farsi in quella scuola, era uno che non aveva mai vessato il suo compagno, né lo aveva giudicato, accettandolo per com'era, mentre tutti gli altri gli avevano affibbiato la patente di picchiatello e lo chiamavano «lo strambo dell'isola del guano».

Un bel giorno, Ismaele vide il suo amico sopra un'altalena dalla pittura rossa tutta scrostata. Antonio fissava assorto il polveroso campo giochi. Ismaele aveva una certa confusione in testa su come andassero le faccende a questo mondo, e poteva soltanto immaginarsi quali idee passassero per la mente dell'amico, un bambino dall'infanzia tanto strana e solitaria, dopo che era stato catapultato nel mondo degli uomini.

«Ciao, Antonio.»

«Ehilà, Ismaele.»

«Ti dispiace se sto qui vicino a te?»

«Per niente, anzi: un po' di compagnia mi farà bene. Grazie.»

Ismaele guardò nella stessa direzione di Antonio. «A che cosa stai pensando?»

L'altro bambino sorrise. «Certo», fece Antonio, che, sempre senza perdere di vista l'orizzonte, continuò: «Una delle cose che apprezzo di più del mondo degli uomini è pensare che nel corso della mia giornata incontrerò gente che sorride, gente che vive davvero... che magnifico dono di Dio! Poi penso anche che m'imbatterò in gente con un atteggiamento totalmente negativo verso la vita, gente che ha un vuoto spirituale dentro, e che per 'condivisione' intende in realtà addossarti tutta la sua negatività. Naturalmente questo atteggiamento non ha nulla a che fare con quegli uomini che, a causa dei guai che stanno passando, vivono un momento particolarmente duro della loro esistenza. Quanto a questo, dovremmo prestare un ascolto attento e pieno di rispetto, e cercare in qualche modo di aiutarli a superare le avversità che stanno affrontando, perché la vita continui. A costoro penso proprio che dovremmo dare tutta la nostra solidarietà, permettere loro di sperare.

«Ma per quelli che hanno un atteggiamento verso la vita sempre negativo tutto va storto, per loro tutto si guasta, è tutta colpa degli altri. Sono capaci di scambiare il sole con la notte, così almeno possono giustificare la loro meschinità. Perché invece non attendere tempi migliori? Perché non si mettono in cerca del bene? Perché non possono vedere che per ogni problema c'è sempre una soluzione, e che è meglio aspettare prima di lamentarsi? Bisogna essere umili e accettare le cose come vengono, se non possono essere cambiate: questa è la vita! Se soltanto potessero rendersi conto che ogni nuovo giorno è un'opportunità per essere felici... Se lo facessero, capirebbero che gli unici al mondo contro cui dovrebbero competere sono proprio loro stessi. Dovrebbero anche cercare di superare le proprie debolezze, i propri difetti; di diventare insomma esseri migliori, un giorno alla volta. Prendiamo il mio caso: l'oceano mi ha insegnato che se accettavo la sfida contro me stesso, non avrei buttato via il breve prezioso tempo della vita, come chiunque altro. L'unica cosa che mi preme davvero oggi è migliorare come persona. E so anche che un bel giorno io avrò imparato che la luce che brilla dentro di me non significherà poi tanto se non aiuterà a illuminare le vite degli altri.»

«Perché pensi che la maggior parte della gente abbia un'aria sempre triste e frettolosa?» chiese Ismaele.

«La risposta è semplice», disse Antonio. «In qualche modo le persone sono prigioniere della propria storia. Ognuno pensa che lo scopo principale della vita sia seguire un piano. Nessuno poi si domanda se quel piano è proprio suo o di altri. La gente accumula esperienze, ricordi, oggetti, idee sentite da altri, e questa è una cosa insostenibile. Ecco perché poi dimentica chi è davvero. E questo, evidentemente, fa sentire tristi, in qualche modo smarriti.»

«A volte anche a me capita di provare queste cose», disse Ismaele. «Non è facile per me avere molti amici.»

Antonio gli sorrise. «Io sono contento di aver trovato te, Ismaele. Mi rendi le cose più facili, e così ho qualcuno con cui parlare che capisce che cosa intendo. Forse in futuro la vita ci porterà su sentieri differenti, ma io so che la nostra amicizia durerà in eterno. Anche se la pensiamo in maniera diversa dalla maggioranza, questo non vuol dire che ci stiamo sbagliando.»

Ismaele sorrise.

«*Lo so*», disse.

Tempo di decidere

Antonio andava bene a scuola; forse non era il primo della classe, ma se la cavava. Eccome! Sebbene si fosse ormai accorto che la maggior parte dei compagni si prendeva gioco di lui, i suoi primi anni sull'isola l'avevano reso forte di carattere e pacifico. Sapeva che poteva ingaggiare una lotta ogni volta che veniva schernito e uscirne vittorioso, ma a quale scopo? Per dimostrare agli stupidi che poteva avere la meglio, se facevano a botte? Già lo sapeva, e per lui era abbastanza.

Ma la vera sofferenza di Antonio era che gli altri suoi coetanei non capivano il suo modo di pensare, ragion per cui pregava per loro. E come accade spesso Antonio, debole agli occhi della società in cui viveva, non soltanto era più forte fisicamente, ma aveva anche raggiunto la vera umiltà che rende un essere umano più forte di chiunque altro, perché l'avversario poteva sì vincerlo nel corpo a corpo e superarlo quanto a cervello, ma *non* vessarlo nello spirito.

Un giorno, quando gli alunni si stavano preparando per l'ora di educazione fisica, il loro insegnante li invitò a salire sull'autobus. Era il giorno del nuoto!

Siccome la città si affacciava sull'oceano, l'insegnante aveva deciso che qualche bracciata sarebbe stata un ottimo esercizio per la classe. Alcuni erano felici all'idea, altri ne erano spaventati, anche se erano grandi abbastanza per nuotare in quelle acque fredde. Quindi si diressero alla fermata dell'autobus che li avrebbe portati alla spiaggia, a dieci minuti di strada dall'isola del cemento e dei muraglioni!

* * *

Di buon mattino arrivarono sulla spiaggia. Una mareggiata del giorno prima aveva riempito la sabbia di detriti e alghe verde scuro, eppure Antonio era contento.

Quest'esperienza gli ricordava molto la vita che amava su Huañape. Quanto al mare non era né mosso, né piatto come una tavola: dalla linea dell'orizzonte avanzavano delle onde appena accennate dalla schiuma, pronte a frangersi sulle spiagge della costa del Pacifico meridionale.

Proprio di fronte a loro, più o meno a seicento metri di distanza, dal mare affiorava uno scoglio non molto alto.

«Questo è quanto voglio facciate», esordì l'insegnante. «Correte in acqua, nuotate fino allo scoglio laggiù, doppiatelo lasciandovelo alle spalle e tornate a riva. Mi raccomando, rimanete uniti e ricordate: il panico può affogare il miglior nuotatore. Non abbiate paura. Siete un gruppo affiatato. Misurate le vostre energie. Se qualcuno di voi inizia ad avere problemi, chieda aiuto al vicino. Restate insieme. Io, intanto, vi guarderò dalla riva con il bagnino.»

I bambini si stavano scaldando al sole estivo aspettando il via dell'insegnante per precipitarsi in acqua e allungarsi in energiche bracciate. Antonio era l'unico ad avere i brividi. Non che provasse freddo in quella bella giornata, era perché aveva passato tanti mesi lontano dall'oceano. Si sentì inondare di gioia: da quanto tempo non provava qualcosa di simile! Il suo cuore ora batteva più forte. Cominciò a sudare.

«Che hai?» gli chiese un compagno. «L'oceano ti fa paura? Fifone!»

In quel preciso istante l'insegnante dette il via per tuffarsi in acqua: era l'inizio della nuotata. I bambini corsero incontro all'onda e in men che non si dica l'acqua era sconvolta da decine di bracciate: tutti puntavano all'isolotto di roccia.

Intanto l'insegnante e il bagnino con un binocolo li controllavano da riva.

Dopo un paio di minuti, ci fu un imprevisto. Mentre il gruppetto avanzava compatto, uno dei nuotatori si portò avanti agli altri distanziandoli. «Avevo detto di stare tutti insieme!» sbottò l'insegnante contrariato. «Per favore, dia un'occhiata a quello là», fece al bagnino. «Sta bruciandosi le energie troppo presto.»

Ma l'uomo sapeva il suo mestiere, e stava già tenendo gli occhi ben aperti. Da terra poteva accorgersi che più il gruppo si allontanava dalla riva, più aumentava la distanza del nuotatore solitario, che si era lasciato gli altri alle spalle. In dieci anni d'esperienza come bagnino, l'uomo non aveva mai visto qualcuno filare come quel ragazzino: scivolava nell'acqua.

Non era un essere umano, sembrava piuttosto appartenere alla razza dei leoni marini, o dei delfini o dei pinguini. Non credeva ai suoi occhi!

Il gruppone alla fine arrivò allo scoglio e lo doppiò puntando di nuovo a riva. Nel ritorno i bambini mostravano qualche cedimento per la stanchezza, e infatti il loro nuoto era rallentato e confuso. Comunque il bagnino non riusciva più a distinguere lo studente che era rimasto in testa per tutto il tempo. Ci vollero parecchi minuti prima che le giovani promesse facessero ritorno a riva: alcuni erano più stanchi di altri, ma tutti erano sani e salvi, e di buon umore. Ma c'era stato anche chi si era lasciato prendere dal panico pensando che non sarebbe riuscito a rimettere piede sulla spiaggia.

Quando ebbero ripreso fiato, l'insegnante, avvicinandosi, chiese loro se andava tutto bene.

«Oh sì», dissero in coro, guardandosi l'un l'altro con tanto d'occhi.

«C'è qualcosa che non va?» indagò l'uomo.

A quel punto uno degli studenti prese la parola. «Maestro, non so se potrà crederci, ma ha visto che c'era uno che nuotava a velocità doppia di noialtri?»

«Sì», rispose. «Chi è?»

«Antonio, signore», rispose uno della classe.

«Antonio?»

«Proprio lui, maestro. Quando noi abbiamo toccato lo scoglio, lui era già là che galleggiava bello placido. Vedendoci arrivare, si è accorto che qualcuno annaspava spaventato e si è messo a incoraggiarci, a dirci di non aver paura. Ha aiutato a star su chi era più affaticato così da darci modo di tirare il respiro, dicendoci di non preoccuparci perché al ritorno l'onda sarebbe stata a nostro favore e ci avrebbe sospinti più velocemente a riva.»

«Che bravo!» disse l'insegnante. «Dov'è adesso Antonio?»

Il bambino tornò a fissarlo e aggiunse: «Questa è l'altra parte della storia. Ci ha detto che voleva rimanere per un po' accanto a quello scoglio. Scommetto che lui è ancora là. Voi qui non potete vederlo perché è sull'altro lato, quello che dà verso il mare aperto».

A quel punto il bagnino si gettò in acqua, e nuotò più in fretta che poté per portare soccorso al valoroso Antonio.

Quando l'uomo raggiunse lo scoglio, vide Antonio che galleggiava in acqua. I suoi occhi erano socchiusi. Sulle prime il bagnino pensò che fosse svenuto, ma poi vide che era assorto in una specie di meditazione.

«Ehi, Antonio!»

A quel grido il bambino aprì gli occhi e sorrise. «Non è bello essere qui?»

Il bagnino, esterrefatto, non sapeva che cosa dire. «Avanti, torniamo indietro.»

«D'accordo», rispose Antonio, e si mise a nuotare in direzione della riva. Per quanto energiche fossero le bracciate del bagnino, non riusciva a tenere dietro a quelle di Antonio. Eppure il ragazzino non tentava affatto di gareggiare con lui.

Sulla riva, intanto, gli scolari vedevano che il compagno aveva seminato il bagnino. Incredibile, pensò l'insegnante.

Finalmente Antonio uscì dall'acqua. Era tutto un sorriso, fresco come una rosa. Dopo qualche istante, ecco il bagnino, esausto.

«Tutto bene?» chiese l'insegnante ad Antonio.

«Mi sento benissimo!»

«Non sei stanco?»

«Perché dovrei essere stanco?» chiese il bambino.

«Senti un po'», disse l'altro, facendogli cenno di sedersi accanto a lui sulla sabbia. «Ragazzo mio, hai mai pensato seriamente a nuotare in una gara vera?»

«No, mai.»

«Eppure dovresti...» aggiunse l'insegnante. «Non ho mai visto uno nuotare tanto veloce come te.»

«Grazie», rispose il piccolo arrossendo. «A proposito», chiese, «chi è l'uomo che mi è venuto incontro allo scoglio?»

«È un bagnino.»

«Un... che?»

«È un uomo che è preparato per dare assistenza ai bagnanti. Appena un nuotatore si mette nei guai, lui si tuffa per portargli soccorso. Il suo dovere è salvare la vita alla gente in acqua.»

Antonio guardò l'uomo vestito di rosso: ah, ecco cosa faceva un *bagnino*. Per la prima volta da quando aveva messo piede fra gli uomini, non si sentì perso. Salvare la vita agli altri, fare ciò che amo fare, a contatto con la natura... il bagnino, che bel mestiere! pensò.

E in quel preciso istante, seduto sulla sabbia, in riva al mare e sentendosi in sintonia con la musica del silenzio, Antonio decise che quello sarebbe stato il suo futuro.

Ritrovarsi

Gli anni passarono, e con essi le stagioni dell'infanzia.

Nel frattempo Antonio si era fatto delle amicizie tra i banchi di scuola, e quasi tutte erano iniziate dopo quel glorioso giorno in riva al mare, quando, tanti anni prima, tutti i compagni lo avevano visto destreggiarsi bene con l'oceano.

Arrivato alla soglia dei quindici anni poteva vantare la partecipazione a molti campionati di nuoto in tutta la nazione. La gente aveva iniziato ad amare «l'uomo-delfino» che aveva battuto ogni record di nuoto.

Eppure, nel profondo del suo cuore, non dava

molto peso alle medaglie o alla considerazione accordatagli dai suoi pari.

Per lui, l'aspetto più importante di una gara di nuoto era il fatto di poter essere in acqua, avere gli spruzzi addosso e sentirsi inondare anche il cuore. Persino il suo allenatore aveva accettato le sue condizioni: per gareggiare si sarebbe allenato nell'oceano.

Aveva scoperto che era praticamente esentato dal frequentare le lezioni purché si dedicasse allo sport. Era diventato il miglior nuotatore della sua scuola, forse persino del Paese, garantendo prestigio e profitti extra al suo istituto.

Non avevano alcuno scrupolo di regalargli ogni volta la promozione, finché si allenava e gareggiava nelle più importanti competizioni.

Eppure i sentimenti che si agitavano nel cuore del ragazzo erano qualcosa di totalmente differente dai propositi e dai piani che la scuola e la famiglia avevano stabilito per lui. Tutti credevano di farne un atleta di fama internazionale.

Ma Antonio, innamorato perso dell'oceano, non aveva mai scordato, per tutti quei lunghi anni, l'uomo in rosso che salvava le vite in acqua. Senza che nessuno lo sapesse, Antonio aveva deciso il suo futuro tanto tempo fa. Salvare vite, questo sì che era la cosa che gli piaceva di più.

Antonio, tanto tempo addietro, aveva capito una profonda verità:

Lo scopo della fede è l'amore,
lo scopo dell'amore è il servizio.

Il periodo della scuola superiore si concluse. Dopo il diploma, Antonio continuò a mantenere i rapporti con i suoi ex compagni, soprattutto Ismaele, e a vivere in casa con i suoi.

Ma ormai era tempo di grandi decisioni. I suoi genitori convocarono anche gli zii, e l'intera famiglia si riunì per chiedere al ragazzo che cosa intendesse fare nella vita.

«Desidero diventare un bagnino», disse Antonio.

I genitori si guardarono meravigliati. «Ne sei proprio sicuro?»

«Sì», disse. «È qualcosa che ho sempre desiderato fare da quando sono approdato all'isola del cemento e dei muraglioni. È la cosa migliore per me e per il mio spirito.»

Al che lo zio intervenne: «Ma vedi, Antonio, tu potresti essere un dottore, un avvocato, un ingegnere, e guadagnare ben più denaro della paga di un semplice bagnino!»

Sembrava disgustato per quella scelta.

Il padre di Antonio, invece, dall'alto della sua saggezza di vecchio, gli disse, fissandolo dritto negli occhi: «Lasciamo decidere a lui che cosa vuole fare della sua vita».

Un pensiero gli attraversò la mente, illuminandogli il volto con un sorriso. «È strano», riprese, «sembra che qui ognuno abbia già scordato il giorno in cui io e la mia amata Isolina abbiamo deciso di salvare il nostro amore buttandoci dietro le spalle tutte le regole e le convenzioni. Nessuno si ricorda più che per vivere insieme, a quel tempo, abbiamo dovuto nasconderci al mondo. Adesso, dopo tanti anni, tutto è andato a buon fine. La società perdonerà la colpa, ma non il peccato, ci siamo detti. Ma ora anche il 'peccato' non è più tale, i tempi sono cambiati, la mentalità si è evoluta. Nessuno sembra far più caso alla differenza di età tra me e Isolina. In fondo, ciò che abbiamo fatto è stato il cuore a dettarcelo, tanti anni or sono.»

Il padre di Antonio fissò Isolina negli occhi. Lei ricambiò con un sorriso.

Poi Guillermo, rivoltosi al suo ragazzo, disse: «Figlio mio, sei venuto al mondo per l'amore magnifico che portavo a tua madre e che lei ricambiava. Ma ricorda: quello stesso amore è sempre lì a ricordarci che sei tu il padrone del tuo destino. Sei venuto al mondo grazie a noi due, però non sei nostra proprietà. Abbiamo sempre cercato di insegnarti dei principi, ma non ti abbiamo obbligato a seguire le regole, né ti abbiamo imposto le tradizioni. Queste ultime, alcune di queste, perlomeno, hanno rischiato di distruggere il sentimento che legava me e tua madre. Abbiamo sempre insegnato a te, e so che lo sai, che le cose più importanti in questa vita non hanno prezzo, non si possono comprare o vendere. Ragion per cui, qualunque cosa tu scelga di fare in questo mondo, ti appoggeremo sempre, nella buona e nella cattiva sorte. Vogliamo solo che tu sia felice, che sia davvero te stesso».

Quasi a sottolineare queste parole, il padre di Antonio si era alzato in piedi, e lo stesso aveva fatto il ragazzo.

Si abbracciarono, in silenzio. Guillermo depose un bacio affettuoso sulla guancia del figlio, mentre Isolina contemplava i suoi due uomini con gli occhi pieni di lacrime.

«Le tue ali sono cresciute forti e sane», disse il padre. «È tempo per te di volare fino alle stelle, incontro al tuo destino, proprio allo stesso modo in cui hai visto migliaia di volte gli uccelli dell'isola di Huañape. Forza, spalanca le ali, figlio mio, e vola!»

Il destino bussa alla porta

Antonio avviò tutte le pratiche per poter entrare a far parte dell'Associazione nazionale dei bagnini.

Ma, nel frattempo, terribili questioni interne stavano avvelenando il clima del suo Paese natale.

I guerriglieri comunisti avevano messo a ferro e fuoco l'entroterra, asserragliandosi nella giungla, e ogni giorno la crisi sembrava peggiorare. Il governo aveva iniziato a reclutare gli uomini validi per inquadrarli nelle file dell'esercito regolare, e, dopo un periodo di addestramento, inviarli nella giungla a stanare i rossi.

***

Un bel giorno, due soldati si presentarono in casa di Antonio. Non lo sapeva ancora, ma era tra quelli scelti per difendere la «madrepatria». Quando glielo comunicarono, il ragazzo restò interdetto.

«Ma... io voglio fare il bagnino!»

Il soldato più anziano, un capitano, a giudicare dai gradi, sorrise e gli disse: «Forse un giorno lo diventerai, ma non certo oggi. Siamo venuti fin qui per accompagnarti alla base militare dove riceverai un debito addestramento, e, una volta diventato soldato, potrai aiutare la tua madrepatria a eliminare il nemico, i terroristi che stanno rovinando il nostro beneamato Paese.»

Antonio non credeva alle sue orecchie. Ma come! Era stato portato sull'isola del cemento perché trovasse la sua strada, e adesso che l'aveva trovata, adesso che stava per realizzare il suo scopo, che era quello di salvare vite umane nell'oceano, venivano a dirgli che doveva prendere e andare nella giungla ad ammazzare i suoi simili in una guerra di cui non aveva nemmeno compreso il motivo.

I genitori di Antonio avevano le lacrime agli occhi nel vedere la sofferenza del figlio.

«Non c'è nulla che noi possiamo fare.» Solo questo disse Guillermo.

Il ragazzo sapeva che il suo destino era segnato.

Eppure Antonio possedeva sin dalla nascita uno spirito molto speciale, grazie al quale aveva sempre potuto non perdersi d'animo nelle avversità.

Aveva imparato a osservare l'avvicendarsi delle stagioni e la vita degli uccelli sulla sua amata isola, aveva imparato anche che c'è un tempo per ogni cosa: ci sono cose che non si assoggettano al controllo dell'uomo, e sapeva in cuor suo che, prima o poi, le stagioni cambiano, e gli uccelli fanno ritorno al nido. Questo aveva visto con i suoi stessi occhi.

Antonio aveva imparato che, quando uno vuole ottenere qualcosa troverà ostacoli e pietre d'inciampo lungo la strada... che renderanno più difficoltoso trovare la propria via. E che quando uno ha mostrato fede e coraggio per far fronte ai brutti momenti, è sempre approdato sicuro alla meta, se solo non si è dimenticato chi è, e ha mantenuto la forza di dominare le lacrime che inevitabilmente accompagnano la piena realizzazione del proprio destino.

Nelle tenebre

L'addestramento militare di Antonio era durato poco, solo tre mesi.

Era sempre stato svelto ad apprendere, e ora che si trovava in una situazione che non aveva mai nemmeno immaginato aveva deciso di imparare più che poteva sull'uso delle armi.

Quei tre mesi risultarono proficui e misero il giovane in condizione di sparare, oltre ad avergli insegnato le tecniche di difesa personale, le tattiche di combattimento in guerriglia, compreso un corso di sopravvivenza. Era come un gioco. Tutto era eccitante, e sebbene gli mancassero tremendamente il senso di libertà e di fratellanza con l'oceano che aveva nella vita civile, il suo sogno di diventare bagnino era ancora intatto.

Il punto era fare ciò che doveva fare, poi sarebbe ritornato a casa e ci sarebbe stato tempo per riuscire nella vita.

Proprio a uno come Antonio, cresciuto circondato dalla pace della natura e protetto dal mondo esterno sia a casa sia a scuola, sarebbe toccato in sorte di essere testimone del lato più oscuro dell'uomo.

Il giovane venne mandato nella valle di Urubamba, una zona bellissima della foresta pluviale, dove uccelli variopinti svolazzavano nel groviglio inestricabile di arbusti verdeggianti. Il loro cinguettio continuo era soffocato solo dal verso selvaggio delle scimmie, che urlavano contendendosi quei frutti enormi che si trovano solo ai Tropici.

Avendo vissuto su un'isola deserta per passare poi alle aride spiagge della costa meridionale del Pacifico, era affascinato dal vedere come il verde prorompente coprisse ogni angolo.

Quanti alberi differenti, quanti animali esotici e

che piogge fantastiche: quando cessavano, il suolo inzuppato sprigionava un buon profumo di sottobosco. Per altri questo cambiamento avrebbe costituito un problema, ma per Antonio, che era in grado di vedere il bene ovunque, erano tutte nuove esperienze che lo arricchivano nell'anima. Più che per ogni altra cosa, era felice di essere in una base militare molto vicina a un grosso fiume mai visto prima.

Sulle prime tutto filò liscio. Veniva mandato con altri soldati in missioni di ricognizione. Qua e là trovavano bandiere rosse, l'emblema dei guerriglieri, ma niente di più. Il suo comandante li aveva avvisati del fatto che i comunisti avrebbero usato quelle tattiche per far sapere loro che erano nei paraggi, anche se l'area battuta non era ancora considerata una «zona calda», un terreno di scontro diretto. Così il nostro eroe, che sapeva di dover rimanere per sei mesi nella giungla, aveva iniziato a pensare che l'intera faccenda sarebbe stata più facile del previsto. In men che non si dica avrebbe fatto ritorno all'oceano, e si sarebbe poi dedicato al mestiere di bagnino.

Accadde tutto in una buia notte di temporale, di quelle in cui anche gli insetti più rumorosi si azzittiscono. Antonio e gli altri commilitoni avevano marciato, come al solito, per tutto il santo giorno, impegnati a vuoto in un'ennesima perlustrazione. Tornati alla base quasi al tramonto, dopo una doccia e il rancio erano finalmente pronti per la ritirata notturna.

All'improvviso, la serata della truppa, che doveva essere calma come tante altre, venne stravolta. Un'esplosione fragorosa distrusse completamente l'ingresso alla base, facendo schizzare ovunque schegge e vetri, e investendo in pieno i militari. Una pioggia di granate si abbatté rovinosamente; i loro scoppi soverchiavano le urla delle forze governative, colte di sorpresa. Dovunque regnava il caos. Antonio saltò giù dalla sua branda: fuori, la base era illuminata a giorno. Ovunque si sentivano sirene d'allarme. Afferrò il fucile.

«Ci stanno attaccando!» gridò il capitano. «Andate ai vostri posti!» Antonio si precipitò verso la torretta di difesa che gli era stata assegnata: altri due soldati erano con lui.

Si arrampicò in tutta fretta, e in pochi minuti eccoli affacciarsi tutti e tre dalla cima. Poteva vedere il terrore dipinto sul volto dei compagni.

«Dannazione, ci stanno colpendo da ogni lato!» gridò il capitano. «Fuoco su ogni cosa che si muove.» Nel cuore di quella notte d'inferno, Antonio riusciva a distinguere soltanto gli alberi che circondavano la base e il bagliore dei colpi esplosi su quello sfondo.

Le granate gettate dentro il recinto s'infittirono, aumentando la confusione. All'improvviso sentì un sibilo vicinissimo a sé; quando fece per girarsi vide uno dei suoi compagni riverso sul pavimento. Era stato colpito: Antonio poteva vedere dentro il cranio del soldato ferito a morte.

Stravolto, avvertì sensazioni mai sentite prima: era paura, vero terrore, quello. Davanti a lui c'era solo la vista del soldato ucciso con la testa fracassata; se ne stava riverso in una pozza di sangue, con gli occhi ancora aperti sul nulla. Per la prima volta in vita sua, vide la morte non come un evento inesorabilmente naturale, ma come il risultato dell'odio, del male. E, proprio come accade agli uccelli sulla sua isola al sopraggiungere del predatore, fu l'istinto di sopravvivenza a gettarlo a terra e a fargli sparare contro qualunque cosa si muovesse fuori dalla base. Poteva sentire urla di panico, poteva sentire l'agonia che aleggiava tutt'intorno. Un inferno improvviso si era scatenato in quell'Eden in cui era stato mandato.

L'intera faccenda volse al peggio. I guerriglieri erano il doppio dei soldati, e le continue perdite stavano già mettendo a repentaglio la sicurezza della base. Il capitano urlò: «Tutti al fiume, subito!»

Era già tardi, ahimè. In quegli istanti, Antonio comprese interamente la crudeltà della guerra. Una granata scoppiò a pochi passi dal comandante: i brandelli del suo corpo smembrato in mille pezzi si sparsero per un raggio di dieci metri. L'odore della pelle e della carne bruciata era orribile, e Antonio proruppe in conati di vomito.

Appena si riprese, si mise a piangere. Mi sa che creperò quaggiù, pensò, mentre sparava all'impazzata contro le ombre della giungla. Alcuni dei soldati superstiti stavano già abbandonando la loro posizione per correre verso il fiume.

Antonio saltò giù dalla torretta su cui si era piazzato e prese a correre a perdifiato. All'improvviso, un dolore acuto a una gamba lo fece rotolare a terra, però riuscì a rialzarsi, e zoppicando si trascinò verso l'acqua. A incalzarlo alle spalle c'erano i guerriglieri che si avvicinavano velocemente. «Uccideteli tutti!»

Antonio si lasciò cadere nelle acque tumultuose del grande fiume: furono i suoi ultimi sforzi, poi cercò solo di stare a galla e si abbandonò completamente alla corrente. Si arrese solo a essa. Si volse indietro, e vide la base avvolta dalle fiamme. Non volle più guardare.

***

Lo risvegliarono i primi raggi del sole mattutino. Si sentiva stanco, veramente sfinito. Non sapeva dove fosse. Tastò alla cieca con le mani il suolo umido su cui era disteso e aprì gli occhi. Ora si orizzontava: era sulla riva del fiume.

Accanto a lui, altri quattro soldati giacevano riversi sulla sabbia bagnata.

Solo in quel momento ricordò ogni cosa: era stato preso dalla corrente del fiume, ma era riuscito a sottrarsi a forza di bracciate e a raggiungere la sponda, in un punto molto lontano dalla base. Si ricordava anche delle urla di aiuto dei compagni che si dibattevano in acqua, e di come si fosse tuffato ancora una volta per salvarli.

Aveva fatto del suo meglio: li aveva spinti fuori da quei gorghi, uno alla volta, finché quelle grida erano cessate.

Poi aveva prestato il primo soccorso ad altri soldati, e, sebbene avesse perso molto sangue per la pallottola conficcataglisi nella gamba, era stato in grado di portare a riva i quattro commilitoni che ora giacevano accanto a lui.

Erano immobili come pietre, coperti di sangue.

Cercò di avvicinarsi di nuovo a loro per vedere se potesse fare altro, ma anche lui aveva perso troppo sangue.

Poco prima di svenire, sentì nel cielo il rombo di un elicottero che si avvicinava.

Convalescenza

Antonio si era risvegliato in un confortevole letto bianco. Sentiva una fitta lancinante alla gamba. Un'infermiera, avendo notato che il paziente si era destato, aveva chiamato: «Dottore! Dottore!»

Un camice bianco si era avvicinato al capezzale di Antonio e gli aveva chiesto: «Come sta?»

«Non saprei», era stata la risposta del paziente, con la testa che gli girava come una trottola.

«È per via delle medicine che le abbiamo somministrato», disse il dottore. «Sa, lei è un uomo molto fortunato. Siamo riusciti a estrarre la pallottola e a salvarle la gamba. Se l'elicottero avesse tardato un'altra mezz'ora, lei sarebbe morto come gli altri quattro soldati che abbiamo trovato assieme a lei sulla riva del fiume.»

All'improvviso Antonio si ricordò di tutti quelli che aveva tratto in salvo. «E gli altri? Dove sono loro?»

«Grazie al suo coraggio, giovanotto», rispose il dottore con un sorriso, «sono tutti vivi e se la caveranno.

«Ma c'è qualcosa che non mi torna», continuò. «Gli altri soldati mi hanno detto che li ha salvati portandoli a riva nonostante la gamba ferita, e che si è preso cura di loro prima di pensare a se stesso. Come è riuscito a farlo?»

«Non saprei», disse Antonio. «Ho solo sentito che dovevo aiutarli. Tutto qui.»

«Lei è troppo modesto», sentenziò il dottore. «Che le piaccia o meno, la notizia del suo atto eroico si è sparsa in corsia. Lei è già un mito.»

«Un *che*?» fece Antonio.

Il dottore sorrise. «Riposi un altro po'. Deve recuperare le forze. Ci sarà tempo per parlare più tardi.»

A quelle parole Antonio chiuse gli occhi e si assopì.

* * *

Il giovane rimase in ospedale per quattro settimane. La sua gamba ferita si era ristabilita completamente, ragion per cui allo scadere della quarta venne dimesso.

Durante il ricovero ricevette la visita di molti giornalisti, della sua famiglia e di alcuni generali del Comando che, con una breve cerimonia in reparto davanti alle telecamere e ai microfoni della stampa si congratularono per il salvataggio dei suoi commilitoni definendolo un «eroe nazionale». Lo informarono anche che gli sarebbe spettata di diritto una pensione militare: intanto lo avevano promosso da soldato semplice a capitano con tanto di consegna di medaglie. Antonio non sapeva che farsene.

Aveva ancora negli occhi quella fatidica notte d'inferno nella giungla, in cui aveva potuto vedere all'opera il peggio dell'animo umano, arrivando a tu per tu con il demone che alberga in ognuno di noi. Aveva visto come, non appigliandosi ai sani principi di una vita degna d'esser vissuta, l'essere umano può trasformarsi in un vero mostro. Il primo desiderio di Antonio quando poté di nuovo camminare era stato quello di visitare gli altri soldati che aveva tratto in salvo quella notte. Si erano ripresi bene tutti, tranne uno. Il suo nome era Carlos e gli avevano dovuto amputare un braccio. Non si era ancora ripreso dallo shock, e Antonio si era impegnato a fargli visita ogni giorno. Gli aveva raccontato tutta quanta la storia dell'isola di Huañape e di come vedeva uccelli di tutte le specie senza una zampa o con un'ala spezzata che erano stati capaci di tirare avanti, inconsapevoli del loro handicap. Il trucco, diceva Antonio, era di accettare la nuova condizione nel profondo del cuore e di capire che sì, la vita non sarebbe più stata la stessa, ma anche che questo fatto non impediva di continuare a vivere. «Poteva andarti peggio», concluse Antonio una volta, strappando a Carlos perfino un sorriso.

«L'unica cosa che posso dirti di quella notte», replicò questi, «è che mentre cercavo di raggiungere la riva, dopo essermi lasciato andare alla corrente del fiume, mi scoppiò accanto una granata. In quel momento non avevo sentito alcunché di male, tranne il fatto che ero completamente sordo. Quando poi ho cercato di nuotare mi sono reso conto che un braccio era una massa di carne spappolata. Ho incominciato a gridare, ma allo stesso tempo sapevo che stavo per morire. Gridavo e gridavo... ricordo vagamente che a un certo punto ho sentito qualcuno afferrarmi da dietro e sospingermi a riva e, appena raggiunto il greto, sono svenuto. In quel momento credetti che fosse un angelo di Dio disceso dal cielo, e quando sentii le sue potenti braccia abbracciarmi e sospingermi fuori dall'acqua capii che non era ancora venuto il momento di andarmene, capii che non sarei morto in quell'angolo di giungla. Nel delirio sentivo che Dio aveva mandato un angelo a salvarmi.»

All'improvviso Antonio si ricordò della solenne decisione presa sul suo futuro: *Voglio essere un bagnino.*

Allora, e solo allora, si rese conto di quello che aveva fatto nella giungla, in mezzo a quell'odio d'inferno; insomma, nel male. Comprese perché mai una mano invisibile lo aveva spinto fino in quell'angolo di mondo. Perché, per vie del tutto inedite, aiutando i suoi commilitoni, Antonio era già diventato quel salvatore di vite che voleva essere. E, ricordandosi dell'isola degli uccelli, accettò il fatto che a volte la vita opera attraverso strade poco battute, ma meravigliose, che nel mezzo di quella notte d'odio di cui era stato testimone lui era stato capace di fare la differenza.

Chiese carta e penna, e iniziò a scrivere ciò che questo momento d'illuminazione gli stava regalando, così da non dimenticare mai quale terribile esperienza aveva vissuto nella giungla:

Non biasimare altri per la tua sorte, perché tu e soltanto tu hai preso la decisione di vivere la vita che volevi.

La vita non ti appartiene, e se, per qualche ragione, ti sfida, non dimenticare che il dolore e la sofferenza sono la base della crescita spirituale. Il vero successo, per gli uomini, inizia dagli errori e dalle esperienze del passato. Le circostanze in cui ti trovi possono essere a tuo favore o contro, ma è il tuo atteggiamento verso ciò che ti capita quello che ti darà la forza di essere chiunque tu voglia essere, se comprendi la lezione.

Impara a trasformare una situazione difficile in un'arma a tuo favore. Non sentirti sopraffatto dalla pena per la tua salute o per le situazioni in cui ti getta la vita: queste non sono altro che sfide, ed è il tuo atteggiamento verso queste sfide che fa la differenza.

Impara a rinascere ancora una volta dalle ceneri del tuo dolore, a essere superiore al più grande degli ostacoli in cui tu possa mai imbatterti per gli scherzi del destino. Dentro di te c'è un essere capace di ogni cosa.

Guardati allo specchio. Riconosci il tuo coraggio e i tuoi sogni, e non asserragliarti dietro alle tue debolezze per giustificare le tue sfortune. Se impari a conoscerti, se alla fine hai imparato chi tu sei veramente, diventerai libero e forte, e non sarai mai più un burattino nelle mani di altri.

Tu sei il tuo destino, e nessuno può cambiarlo, se tu non lo consenti. Lascia che il tuo spirito si risvegli, cammina, lotta, prendi delle decisioni, e rag-

giungerai le mete che ti sei prefissato in vita tua. Sei parte della forza della vita stessa.

Perché quando nella tua esistenza c'è una ragione per andare avanti, le difficoltà che la vita ti pone possono essere oggetto di conquista personale, non importa quali esse siano.

Ricordati queste parole:

Lo scopo della fede è l'amore,
lo scopo dell'amore è il servizio.

Addio al padre

Antonio riuscì a ristabilirsi del tutto dalle ferite del corpo e dell'anima.

Quando venne dimesso perché completamente ristabilito, fece ritorno sulla costa a bordo di un aereo militare; con lui c'erano tanti soldati feriti. Erano felici solo all'idea di esser fuggiti dall'inferno di cui erano stati testimoni.

All'aeroporto ad attenderli c'era un picchetto d'onore delle forze armate, contornato dallo staff dei media locali. Naturalmente, tutti puntavano ad Antonio. Rispose al fuoco di domande per meno di due minuti, mentre scrutava la folla. Quando vide sua madre Isolina, dimenticandosi dell'intervista e di tutto quanto corse a rifugiarsi fra le sue braccia e si strinse a lei teneramente. Ma quel momento felice non durò a lungo.

«Mio piccolo Antonio, c'è una cosa che devo dirti...» incominciò Isolina.

Antonio reagì di scatto e chiese: «Dov'è mio padre?»

Sua madre lo strinse forte e guardandolo dritto negli occhi gli rispose: «Tuo padre ci ha lasciati da una settimana. Il funerale è stato due giorni fa.»

Antonio sentì una tremenda fitta interiore. Prese sua madre per mano e la portò lontano dalla folla.

Andarono direttamente al cimitero. La sepoltura recente era evidenziata dal cumulo di terra smossa, ancora fresca, che copriva la bara. Isolina afferrò le mani di suo figlio e disse: «Non ha sofferto, Antonio. È morto per cause naturali. Era la sua ora, e lo sapeva, allo stesso modo di quei vecchi uccelli che abbiamo visto sull'isola tante volte: quei vecchi esemplari solitari che si staccano tranquillamente dallo stormo per andare a morire in pace in qualche sperduto angolo dell'isola. Se n'è andato allo stesso modo, Antonio, in santa pace. Spero che ti conforti saperlo; se n'è andato con il sorriso sul volto».

«Ha detto qualcosa?» chiese il ragazzo.

Isolina si asciugò delle lacrime sincere. «Sì, Antonio. Ha detto che tu e io siamo stati le cose più meravigliose che abbia mai avuto in vita sua, e che neanche per un minuto aveva rimpianto l'esistenza che aveva scelto.»

Isolina tirò fuori dalla sua tasca una busta e la porse al figlio.

«Ha scritto questa lettera tanto tempo fa, ma esitava a spedirla. Puoi capirlo, in questi tempi terribili che stiamo vivendo aveva paura che non ti venisse mai recapitata.» Isolina baciò suo figlio. «Pensavo che quaggiù fosse un bel posto per leggerla. Tuo padre me lo ha chiesto.»

«Grazie, mamma», rispose Antonio.

Isolina fece per andarsene.

«Mamma?»

«Sì, figlio mio?»

«Hai dei rimpianti?»

Isolina sorrise. «No, nessuno.» Poi si sentì di aggiungere: «Ora, a vederti qui, mi sento benedetta della vita che ho vissuto».

Sorrise di nuovo, e si avviò verso l'auto.

Antonio sedette accanto alla tomba di suo padre. Era vicino a un minuscolo stagno dove crescevano delle ninfee con dei fiori bianchi.

Aprì la lettera.

Mio caro figlio,

Ho fatto promettere a tua madre di darti questa lettera quando avessi fatto ritorno dall'inferno in cui il mondo ti ha spedito. Non posso nemmeno immaginare le cose terribili che ti sarà capitato di vedere, ma traine una lezione di quanto male gli uomini possono evocare e delle mostruosità che possono fare. Impara la lezione, e cerca di sopravvivere.

Mi sento molto vecchio, e so nel profondo del mio cuore che il tempo per andarmene è quasi arrivato. Questo ho imparato dagli uccelli della mia isola magica: la sensazione che il mio tempo su questa Terra è quasi finito, che ho fatto tutto ciò che dovevo fare. Perdonami se non sono stato in grado di darti tutte le cose che ti sarebbero spettate. Solo, sappi che ho cercato di fare del mio meglio, e scommetto che questo è quanto è nelle possibilità di ogni uomo.

Questo è un addio, Antonio, non un arrivederci. Prima o poi tutti noi dovremo passare dall'altra parte. È arrivata la mia ora. La tua... be', arriverà un giorno, in futuro, come per tua madre, purtroppo. Non dimenticarlo, e non rattristarti: tieni a mente sempre che l'esistenza va veloce come un sussurro nel vento, e cerca di prenderti un po' di respiro; insomma, divertiti in questo meraviglioso viaggio chiamato vita.

Prenditi cura di tua madre, allo stesso modo in cui lei si è presa cura di me. In nome dell'amore ha sacrificato tanto della sua gioventù, per me e te insieme. Soltanto, spero che sarai in grado di ricambiarle tutto l'affetto che è stata capace di donarti, proprio come ho cercato di fare io. Ha imparato ed è stata testimone di molte cose che la maggior parte degli uomini non sa nemmeno che esistono a questo mondo, sebbene ce le abbiano intorno tutti i giorni. E io spero di avertele insegnate. Ecco perché noi probabilmente non vedremo mai il mondo alla stessa stregua della maggioranza della gente. Scommetto che è stata la nostra vera fortuna.

Ho chiesto anche a tua madre di farti leggere questa lettera sulla mia tomba, o lì vicino, per due ragioni: primo, così puoi capire che quello che hanno seppellito e che ora si trova proprio sotto di te è solo un vecchio corpo, che era fatto di carne e ossa. Però io non sono più imprigionato in esso. Spero che il mio spirito se ne voli via per tornare alla mia amata isola, e ci resti per sempre.

Così adesso che non ci sono più voi due, tu e la mamma, sapete dove potete venirmi a trovare, se lo desiderate.

Infine, ho chiesto a tua madre di collocare dei fiori di loto in quello stagno che è vicino alla mia tomba: li vedi, Antonio? Sono i più belli di tutti! Ma guarda più da vicino: che cosa noti? Le loro radici affondano nella melma o nell'acqua putrida...

Cerca di essere come quei fiori, Antonio. Non importa se vivi in paradiso o all'inferno, non c'è ra-

gione per non sbocciare come una meraviglia tra le meraviglie fra gli uomini presso i quali ti trovi.

La musica del silenzio, Antonio. I fiori di loto... Possa tu conservare tutti questi doni nel tuo cuore, finché alla fine verrà il tempo d'incontrarci di nuovo.

Mio caro Antonio, gioia della mia vita.

Tuo padre

PARTE TERZA

Un eroe

Il nome di Antonio riempiva le prime pagine dei più importanti quotidiani. Tutti si appassionavano alla sua missione di bagnino, e quando finalmente ottenne il brevetto e incominciò a salvare vite nelle acque traditrici del Pacifico meridionale piovvero anche le richieste di emittenti televisive, locali e nazionali, di averlo come ospite nelle loro trasmissioni. Antonio le rifiutava tutte. Lo faceva per ritegno, tuttavia questo ebbe l'effetto di far nascere delle leggende, che i media alimentavano. Chi era mai quest'Antonio? Da dove veniva?

Infatti è intrinseco all'essere umano investigare su qualcuno che inizia a farsi notare. E se non puoi arrivare alle notizie tramite la sua persona è il caso di farne un personaggio: inizia a circolare qualche pettegolezzo, vengono inventati degli aneddoti. In breve, ecco il mito. Tutti noi seguiamo il flusso, finché un bel giorno (si spera) ci mettiamo a nuotare controcorrente, e forse, solo forse, ci convinciamo che le storie che sentiamo dai media, i loro pettegolezzi, i falsi miti sono il modo migliore per sprecare la nostra vita.

Solo allora comprenderemo veramente chi è Antonio: un semplice essere umano che fa meglio che può il meglio che sa.

Antonio però sapeva bene anche un'altra cosa: più il cuore è piccino, più invidia contiene. Questo capita quando uno non vive nel modo in cui pensa, e finisce per pensare come vive.

Il giovane non perdeva la calma, cercando di trovare il silenzio del cuore. E così facendo aveva sentito il suo messaggio.

Per istinto siamo incapaci di controllarci, e improvvisamente sputiamo parole piene d'odio e di risentimento, e poi, quando finalmente torniamo a pensare, ci dispiace. È troppo tardi per ritirare le cattiverie dette, e non si può cancellare quanto è già stato fatto. La parte triste della faccenda è che lasciamo ferite e danni in molti cuori.

D'ora in poi sii più tollerante e comprensivo.
Quando ti senti sul punto di esplodere,
ricorda che puoi spezzare il cuore
a qualcuno.

Domenica nera

L'estate nell'emisfero australe va da dicembre a marzo dell'anno successivo. In questo periodo gli studenti universitari alzano la testa dai libri, tirando un sospiro di sollievo dopo un anno di duro lavoro, e i licei e le scuole chiudono per le vacanze. Nella maggior parte delle famiglie, gli adulti che lavorano prendono le ferie per trascorrerle con i propri ragazzi, liberi da ogni impegno scolastico.

Se vivete in una città che si affaccia sull'oceano, potete vedere centinaia di migliaia di persone di tutte le età che si radunano sulle spiagge per godersi le belle giornate di sole e la brezza marina. Il picco di stagione cade fra gennaio e febbraio, l'intervallo in cui le forti correnti dell'oceano dal Pacifico meridionale provenienti dall'Antartico si smorzano, e le acque si fanno di norma più tranquille. Sebbene le coste continuino a essere sorvegliate dai bagnini, il loro compito è reso più facile dalla calma piatta e assoluta dell'oceano.

Eppure, in quel maledetto febbraio del 1980, qualcosa stava per succedere.

Un forte *swell* proveniente dall'Antartico si portò molto più a nord del solito, per quel periodo dell'anno. Era una di quelle onde lunghe che appaiono dal nulla e trascinano i nuotatori al largo, ben oltre la zona di sicurezza. Durante gli anni Ottanta, il sistema d'allerta del litorale con le boe di sicurezza non era come oggi, né i satelliti disponevano della tecnologia attuale che permette di preannunciare l'insorgenza di fenomeni con quattro o cinque giorni d'anticipo. E il peggio era che il moto ondoso tanto atteso aveva fatto capolino a mezzogiorno di domenica, quando le spiagge sono in genere affollate di bagnanti.

All'inizio sembrava soltanto un'onda anomala, cui seguì un'altra dopo parecchi minuti; ma quando il mare si fece grosso e i cavalloni traditori, i bagnini che perlustravano il litorale capirono che c'era qualcosa che non andava, e cercarono di allontanare dall'acqua quante più persone potevano.

A metà pomeriggio suonarono tutte le sirene e gli ultimi bagnanti furono fatti uscire in tutta fretta. Alle bandiere verdi, che indicano le acque sicure per fare il bagno, si erano sostituite quelle rosse di pericolo e quelle nere, segno di impraticabilità della spiaggia.

A sud della città le cose volgevano al peggio. A quindici chilometri c'era una spiaggia molto insidiosa, assai popolare fra i turisti e anche fra i residenti che la preferivano per la sua posizione appartata. Tutti sapevano che era molto pericoloso nuotare in quel tratto di mare, praticato solo dai surfisti più esperti della città, e solo quando gli swell erano di modesta entità. Le pinne erano obbligatorie, perché in un battibaleno la corrente poteva trascinarti giù e tenerti sotto per diversi minuti; a quel punto solo una spinta vigorosa poteva riportarti in supeficie e metterti in salvo.

Eppure ci sono volte nella vita in cui, per quanto si prendano tutte le precauzioni, per quanto ci si affidi alla tecnologia più avanzata e si abbia anche una certa abilità nello scansare i guai, il destino prevale lo stesso: quando troppi imprevisti capitano tutti assieme, non c'è molto che gli uomini possano fare.

E questo è proprio quello che accadde su quella bellissima spiaggia isolata a quindici chilometri dalla città.

Quella fatidica domenica un gruppo di giovani turisti spensierati aveva deciso di trascorrere la giornata ad abbronzarsi e a nuotare al largo di quella spiaggia di cui tanto si sentiva parlare. Come lucertole al sole sulla sabbia rovente si stavano godendo la vita: conquistarsi un'invidiabile tintarella in quella canicola e sorseggiare una birra ghiacciata erano i soli obiettivi della giornata. Sebbene alcuni di loro avessero notato che il mare stava montando minacciosamente, si limitarono a non entrare in acqua, restando sulla battigia o intrattenendosi per un picnic sulla sabbia in posizione più arretrata. Poi, all'improvviso, una serie di onde gigantesche si fransero scaricando la loro violenza nel tratto che portava a riva, una dopo l'altra.

Erano onde enormi, dal moto violento. Avanzavano ravvicinate e sprigionavano un'energia che causava il montare di altre onde. L'acqua del primo cavallone non aveva neanche il tempo di acquietarsi e refluire a risacca in seno all'oceano. Una dopo l'altra, l'energia dei marosi che si frangevano di continuo faceva affluire e concentrare sulla superficie del mare una forza inaudita, la cui spinta spostava montagne d'acqua direttamente sulla battigia. Erano mura d'acqua, quelle che si formavano al largo, non troppo alte, ma minacciose per la loro forza d'urto. I turisti, colti di sorpresa, non ebbero scampo alcuno, e dopo che l'acqua ebbe travolto la zona attrezzata a sdraio e ombrelloni, furono risucchiati dalla risacca. La gente, attonita spettatrice dell'evento, urlava a squarciagola per chiedere aiuto, mentre tanti scomparivano nelle acque agitate.

Quel pomeriggio d'inferno c'erano tre bagnini in servizio sulla fascia costiera. Antonio era uno dei tre, e lavorava in équipe con altri giovani. Erano stati informati via radio della tragedia che si stava consumando e subito si erano precipitati a portar soccorso. Arrivarono in pochi minuti sul posto, venendo anch'essi travolti dalle onde inferocite. Persino Antonio, con tutta l'esperienza che aveva e la dimestichezza con il suo miglior amico, l'oceano, di cui non poteva avere paura, sapeva che la situazione si era fatta critica. A un centinaio di metri da quella che un tempo era la riva, poteva scorgere i ragazzi, le mani tese fra i gorghi dell'oceano, braccia annaspanti in cerca di aiuto.

«Non c'è modo di raggiungerli, maledizione!» gridò un bagnino. «Affogheremmo tutti, noi con loro. È impossibile tentare un salvataggio in queste condizioni.» Contattarono i superiori e la voce del comandante responsabile delle operazioni di salvataggio risuonò al telefono. «Dovete decidere voi. So di poter contare su personale preparato, ma non posso dare l'ordine di entrare in acqua sapendo che anche voi potreste affogare. A voi la scelta.»

«Che facciamo, Antonio?» chiese il giovane bagnino. Erano spaventati da morire. Antonio guardò la linea dell'orizzonte, non più piatta, ma come sforbiciata da onde gigantesche, e ricordò. *Lo scopo della fede è l'amore, lo scopo dell'amore è il servizio.*

Non ci pensò due volte, s'infilò pinne e giubbotto di salvataggio e s'immerse direttamente in quelle acque vorticose. «Non farlo, Antonio», gridarono gli altri due bagnini dalla spiaggia, ma era troppo tardi. Antonio era già scomparso, inghiottito tra i flutti del mare in tempesta: si portò a nuoto più veloce che poté in quello specchio di mare in cui i turisti atterriti erano stati trascinati da una forte corrente che non li lasciava andare.

Antonio sperava di portare quella gente spaventata in mare aperto, lontano dal frangersi delle onde, perché aspettasse, galleggiando in acque tranquille, un ulteriore aiuto. Ciò che Antonio non sapeva era che gli elicotteri erano già operativi a molti chilometri di distanza sopra quel tratto di costa, portando soccorso ad altri bagnanti in difficoltà.

Antonio sapeva molto bene che la paura eccessiva, e non l'oceano, può uccidere un nuotatore. Invece di lasciarsi condurre dai cavalloni, molti cercavano di andare controcorrente, con l'unico risultato di dar fondo a tutte le proprie energie.

Le ondate e le forti correnti si fanno sempre più incalzanti, e quando uno in acqua perde le forze viene colto dal panico. Non è più in grado di pensare con lucidità, ed è proprio questo che, alla fine, ne determina il destino: morte.

Alla fine riuscì a raggiungere i malcapitati in acqua. Cercò di calmarli e poi di condurli al largo, oltre il punto in cui si frangevano le onde.

Ma alcuni di loro erano già allo stremo delle forze, e in preda al panico. Antonio si smarrì d'animo. Non sono in grado di salvarli tutti, pensò. Più di ogni altra cosa sapeva che, se gli elicotteri non arrivavano, nessuno ce l'avrebbe fatta. Il sole stava calando all'orizzonte, e nel giro di un'ora gli ultimi raggi sarebbero scomparsi del tutto.

Sentì due voci che lo chiamavano. Erano quelle degli altri due bagnini, che si erano nel frattempo decisi a raggiungerlo per dargli una mano. Sapevano che rischiavano la vita, però non potevano rimanere al sicuro ad assistere alla terribile scena.

Antonio e gli altri due si tolsero il giubbotto di salvataggio e lo infilarono a tre donne. «State tutti calmi!» gridò.

Chi era in grado di nuotare obbediva agli ordini del bagnino.

Ma non era solo la paura a rendere difficile la situazione; un altro fattore pericoloso stava incalzando i malcapitati in acqua: l'ipotermia.

La maggior parte dei naufraghi era in mare da quasi un'ora, e sentiva intorpidirsi le dita delle mani e dei piedi. Altri avevano iniziato ad accusare dei crampi terribili. I bagnini sapevano che stavano inesorabilmente perdendo del tempo prezioso. Non c'erano alternative, ormai.

Antonio si avvicinò a nuoto ai suoi due colleghi e

sussurrò loro: «Non so se saremo capaci di salvarli tutti. Non so neanche se riusciremo noi a non annegare. Dobbiamo tentarci. Non c'è altro che possiamo fare. Dovremo oltrepassare il punto critico in cui si frangono le onde, cercare di portarli tutti di fronte a noi e di trattenerli laggiù quanto più possiamo. Se saremo fortunati, lo swell stesso ci spingerà di nuovo a riva», disse guardando gli altri.

«Questo è il piano di soccorso, ci siamo allenati tanto a simulare situazioni di pericolo e ne conoscevamo i rischi. La riuscita è nelle mani di Dio. Cerchiamo di fare del nostro meglio. Buona fortuna.»

E proprio in quell'istante Antonio si ricordò del giorno in cui c'era stato l'attacco alla base militare nel fitto della giungla fra le montagne.

In quel momento, invece, era in mezzo a quei turisti per suggerire loro le mosse giuste; gli aveva detto di starsene vicini quanto più potevano, di fare un respiro profondo poco prima di raggiungere la riva, e tenersi a galla serrando le fila, così da arrivare sani e salvi insieme. Era tutto.

***

Nessuno sapeva esattamente che cosa successe in seguito, ma in quella terribile domenica pomeriggio quattro dei turisti con il terrore negli occhi si misero in salvo, aiutati da Antonio e dagli altri due.

Antonio afferrò i quattro, uno alla volta, aiutato dai soccorritori accorsi in quel tratto di litorale. Non poteva vedere i suoi colleghi, né gli altri bagnanti. Erano scomparsi fra i flutti.

Si decise a tuffarsi sott'acqua per l'ultima volta. Gelato quasi da morire, non sentendo più né le mani né i piedi, esausto, Antonio s'immerse nell'oceano.

Ancora una volta, coraggio! pensò. Non ce la faceva proprio più quando un'onda gigantesca lo travolse, spingendolo sotto. Aprì gli occhi, quasi senz'aria, e con una bracciata cercò di riportarsi su. Finalmente in superficie, tornò a respirare convulsamente a pieni polmoni.

Ma un'altra onda lo investì trascinandolo poi nella sua schiuma più avanti, nel mare tranquillo, dove venne soccorso da altri nuotatori che stavano guardando la scena dal mare. Antonio svenne nelle loro braccia.

I corpi di altri tre turisti e dei due bagnini furono trovati tre giorni dopo, a una cinquantina di chilometri più a sud rispetto a dove la tragedia aveva avuto luogo.

L'*amore fa l'uomo*

La fama di Antonio come campione di salvataggi in mare e di eroe di guerra andava crescendo sempre di più.

Eppure, più diventava una persona di spicco, più scantonava la compagnia della gente.

Sembrava che gli altri non capissero che il suo lavoro era un atto d'amore.

Non voleva essere applaudito, e neanche cercava premi. Semplicemente voleva salvare più vite che poteva dalle acque imprevedibili e capricciose dell'oceano, che era poi la sua vera casa. Più vite salvava, più grande diventava la sua fama, e più la gente lo assediava, più lui si sentiva solo.

* * *

Un bel giorno, invitato a una delle tante manifestazioni ufficiali in cui la sua presenza era ricercata, decise di andarci. Ci sarebbe stato solo mezz'ora, giusto il tempo di sorridere agli obiettivi per poi togliere il disturbo senza che nessuno lo notasse. Sapeva bene che gli invitati, dopo aver sorseggiato il secondo o al massimo il terzo drink, avevano uno sguardo diverso e conversavano più liberamente... e soprattutto si dimenticavano completamente di lui, cosa che Antonio trovava molto soddisfacente.

Questa volta, però, mentre stava già meditando il suo «piano di fuga», qualcuno lo avvicinò.

«Ciao», fece una voce femminile.

«C...ciao», rispose Antonio.

Antonio non riusciva a distogliere lo sguardo. Davanti a lui era apparsa una bella ragazza dai lunghi capelli scuri e la pelle olivastra. Antonio poteva leggere il cuore del prossimo dallo sguardo, e questa donna aveva occhi così luminosi da rischiarare un'intera stanza. Il suo animo era limpido e puro. «Il mio nome è Gladys», disse. Stette zitta per un attimo, poi riprese: «Queste serate ti annoiano, vero?»

«Sì», rispose Antonio. Il giovane proprio non sapeva mentire, non aveva *mai* imparato a dire le bugie.

«Annoiano anche me», aggiunse Gladys maliziosamente. «A volte mi chiedo perché mai le persone debbano ritrovarsi a tutti i costi, e soprattutto perché mai debbano farlo con un pretesto. In questo caso, il pretesto sei tu.

«È anche la mia impressione», ribatté Antonio. «Queste persone vogliono starmi accanto, farsi fotografare con me e poi, di punto in bianco, si dimenticano che io sono qui.»

«È strana la società, non trovi?» incalzò Gladys. «Dimmi un po': è vero quello che si dice di te, che hai passato l'infanzia da solo su un'isola deserta?» chiese ad Antonio fissandolo dritto negli occhi.

«No», rispose il giovane che non mentiva mai. «Avevo molti amici, gli uccelli, i leoni marini, i delfini, il silenzio...»

Gladys sorrise. «Ti va se andiamo da qualche parte e me ne parli?»

«Mi piacerebbe molto», confessò lui.

Gladys era arrivata con la sua automobile alla festa e zitti zitti i due la raggiunsero e se la filarono.

«Dove ti piacerebbe andare, Gladys?»

«Nello stesso luogo che ami tu: l'oceano.»

Antonio a quel punto sorrise.

Mai risposta era stata più appropriata.

Il parcheggio dava su una spiaggia incantevole: davanti a loro brillava l'immensità dell'oceano.

«Ho un'indole filosofica», spiegò Gladys. «Adoro i posti tranquilli come questo, dove posso starmene per conto mio.»

Antonio non aggiunse nulla.

Conosceva quella magnifica sensazione di starsene in silenzio a fissare il suo amato oceano.

Gli piaceva anche che Gladys non parlasse. Gladys guardava l'oceano, proprio come Antonio. Così è il vero amore: due persone a cui piacciono le stesse cose, e ne godono senza bisogno di dirsi nulla. Questo accade quando il tempo vola. E quando il tempo vola, è perché uno sta vivendo.

Certo, Antonio non s'immaginava neanche che la bella ragazza che gli stava accanto avrebbe trasformato la sua vita, non pretendendo di cambiarlo, ma aiutandolo a vivere in armonia con una società che lui non avrebbe mai capito.

Una nuova famiglia

Tra i due sbocciò l'amore. Grazie all'inclinazione filosofica di lei e alla straordinaria esperienza infantile sull'isola di lui, trascorrevano ogni attimo insieme a vivere totalmente, intensamente la vita. Lei, che aveva alle spalle una famiglia altolocata, aveva capito di essersi imbattuta in un uomo adulto che era diventato suo malgrado una celebrità, ma che dentro restava ancora timido come un bambino. C'era una cosa che aveva impressionato piacevolmente Gladys: Antonio non sopportava le cerimonie, la mondanità e la vita notturna. Era un giovane uomo contento di se stesso, e viveva la sua esistenza seguendo i suoi principi.

Sulle prime i genitori di Gladys cercarono in ogni modo di farle troncare la relazione con Antonio. Appartenendo a una certa classe sociale, desideravano qualcosa di meglio per una ragazza di buona famiglia che un semplice bagnino. Come molti uguali a loro, non cercarono di conoscerlo o di vedere che uomo straordinario fosse.

Di questo non si preoccupava Gladys: filosofa e anticonformista, aveva imparato tanto tempo prima che la sua esistenza apparteneva solo a lei. E, più di tutto, aveva imparato ad ascoltare il cuore, e il suo cuore le stava sussurrando che stava facendo ciò che voleva fare.

«Mi ami, Antonio?» chiese Gladys in una delle occasioni in cui si erano appartati per andare a vedere il tramonto sull'oceano.

Antonio prese una pagina di block-notes e ci scrisse sopra qualcosa. Poi lo passò a Gladys. «Vado a farmi una nuotata», disse.

Gladys sorrise. Antonio era già in acqua, disteso a pancia in su, quando lei aprì il foglio ripiegato e vi lesse:

Che cosa ti vorrei dire?
Ci sono tante cose che voglio,
ma ho bisogno di una soltanto.
E se, per qualche ragione, mi lascerai,
io tornerò da te,
perché so che hai sbagliato a lasciarmi.
Nessuno ti amerà come me.
Questo *io so.*

Antonio

Il tempo passò, e Antonio e Gladys decisero che era venuto il momento di mettere nero su bianco il loro rapporto. Si sposarono, e nel corso degli anni, conversando meravigliosamente, contemplando l'oceano, arricchendo la loro esistenza, trovarono anche il tempo di mettere al mondo ben quattro pargoli: Cecibelle, Ronald, José Antonio e Guillermo.

Avevano sempre voluto avere una grande famiglia, e alla fine ci erano riusciti. Certo il denaro mancava sempre in casa, eppure tra le mura domestiche regnavano tanto amore e armonia che non se ne preoccupavano. Gladys, proprio come Antonio, aveva capito il vero valore del denaro, e c'erano molte cose a cui tenevano di più che non il fare soldi.

Una volta, in uno dei loro discorsi, Antonio aveva chiesto perdono a sua moglie per non essere stato in grado di dare ai loro figli più di quanto avrebbe voluto. Gladys aveva sorriso: «Oh, Antonio, tu hai dato ai tuoi figli più di quanto pensi. Gli hai dato dei principi. Hai sempre permesso loro di volare verso i loro sogni. Ma, più di ogni altra cosa, hai donato loro una vita in cui hanno apprezzato le cose importanti che rendono un'esistenza degna di essere vissuta. Non sono uomini attaccati ai beni terreni, ma individui attenti alla dimensione spirituale. Quando li accompagni sulla spiaggia con me, e cominci a raccontare di quando vivevi sull'isola, di quando andavi a scuola, di quando hai combattuto nell'esercito, li metti in grado di vedere che esistono tanti mondi paralleli: uno di pace e comunanza con la natura, un altro in cui i sani principi e l'amore dovrebbero essere i mattoni con cui edificare una vita meravigliosa. E poi hai anche mostrato loro che esiste il male dentro gli esseri umani, e non hai dimenticato di raccontare loro anche gli episodi terribili di quei mesi vissuti in mezzo alla giungla, e di come gli uomini possano perdere il lume della ragione e spingersi fino a uccidere il proprio simile come se niente fosse. Tutto questo mi fa pensare che sono ragazzi ben preparati ad affrontare la vita, qualunque strada scelgano; amore mio, questa sarà la più preziosa eredità che tu lascerai loro. Possono vedere l'armonia che esiste tra te, loro e l'oceano. Sanno che tutto il denaro che guadagni lo passi a me e resti soltanto con gli spiccioli per prendere l'autobus e andarti a rimirare l'oceano, ogni giorno. Staranno bene, vedrai».

Antonio sorrise a quelle parole. «Sai una cosa, amore?»

«Cosa?» chiese sua moglie.

«Senza di te non sarei mai stato capace di starmene sulla terraferma, lontano dal mare. Mi hai dato la forza di cercare di integrarmi nella società, senza sacrificare i miei principi e la mia vera essenza. Dovrò sempre ringraziarti per questo.»

Un giorno speciale

Quando ti diverti a fare quello che stai facendo, quando vivi un'esistenza che hai sempre voluto vivere, il tempo vola.

Ecco una contraddizione della vita: *perché dovrebbe passare velocemente ogni cosa quando ti diverti?* Perché i momenti felici non dovrebbero durare per sempre, se stai facendo ciò che vuoi?

Perché?

Venne il giorno della solenne consegna del brevetto ai nuovi bagnini del Paese. Si era sparsa la voce che, dopo la cerimonia, un premio speciale con tanto di encomio sarebbe stato conferito al più anziano dei bagnini in servizio: Antonio, il figlio di un semplice custode di un'isola del guano, un uomo che aveva salvato più vite in mare di qualunque altro bagnino.

Aveva cinquantacinque anni, e, per il regolamento, doveva andare in pensione.

La cerimonia iniziò come previsto alle dodici in punto.

Il sole aveva regalato i suoi raggi migliori a quell'angolo dove i vecchi e i nuovi «guardiani dell'oceano» s'intrattenevano a raccontarsi aneddoti sulle due cose che più amavano nella vita: stare in acqua e salvare vite. Conoscevano il pericolo che correvano compiendo la loro missione. Però quando ami ciò che fai non pensi alle conseguenze.

Il presidente in persona dell'Associazione aprì la cerimonia.

«Buongiorno, signore e signori. Noi siamo qui riuniti per rendere onore alla nuova leva dei bagnini che, dopo aver concluso con successo il loro corso, da ora in poi saranno i custodi del litorale, i guardiani dell'oceano garantendoci la tranquillità durante le nostre estati. Perché sapremo che sulla spiaggia, dall'alto della torretta, qualcuno sta vegliando su di noi, pronto a intervenire a ogni nostra minima difficoltà.

«Chiedo per loro un forte e sincero applauso: questi uomini e donne coraggiosi soddisfano pienamente tutti i requisiti richiesti dall'attività di bagnino di salvataggio!»

Il mare di volti, ravvivati dai sorrisi smaglianti dei famigliari e degli amici dei corsisti, palpitò di mani guizzanti che applaudendo esplosero in un fragore appassionato. Di fronte a loro, giovani uomini e donne abbronzati se ne stavano impettiti e orgogliosi, consapevoli che la missione della loro vita era salvare gli altri.

A uno a uno vennero chiamati sul palco per ricevere il brevetto. I loro occhi brillavano di orgoglio e felicità. Alla fine, dopo mesi di dura teoria e pratica di salvataggio, avevano ottenuto l'ambita abilitazione: adesso sì che erano i nuovi guardiani dell'oceano.

* * *

Dopo la consegna degli attestati, il presidente dal palco chiese di fare silenzio.

«Per concludere il nostro incontro», disse, abbiamo l'onore di presentare un ospite molto speciale. È stato uno di noi per più di trent'anni. Ora per lui è giunto il momento di ritirarsi e vivere in pace, dopo aver trascorso le estati a rendere un servizio altissimo alla comunità, rischiando la propria vita per salvarne molte altre, e gli inverni ad addestrare e formare le nuove leve per rendere sempre più sicure le nostre spiagge. In trent'anni di onorata carriera ha salvato centinaia, migliaia di vite. Nessuno, eccetto lui stesso, sa esattamente quante vite ha salvato. Persino in balia degli oceani in tempesta e nelle acque più minacciose non ha mai rifiutato una missione, un'uscita che andava fatta. Per la marina, per le compagnie straniere, per la nostra gente era sempre là a fare quello che nessun altro avrebbe mai potuto fare.»

Il presidente, con voce rotta, poté solo aggiungere: «Unisciti a noi, Antonio».

Antonio era stupefatto. Per un momento, si sentì pesare ognuno dei suoi cinquantacinque anni, e non poté nemmeno alzarsi dalla sedia. Per la prima volta in vita sua era in preda al panico: mai avrebbe parlato a quella folla! Tenere un discorso in pubblico doveva sembrare semplice rispetto alle migliaia di volte che aveva rischiato la vita per gli altri. Eppure era così difficile! Era nato per starsene con l'oceano, non per le stravaganti cerimonie pubbliche.

«Vai, papà», disse Cecibelle, sua figlia.

«Non posso», rispose.

«Ma sì che puoi», insistette Cecibelle, guardandolo dritto negli occhi. «Questa è la tua occasione per esprimerti, per dire ciò che hai visto davvero senza essere dilaniato dalle regole della società. Mi hai insegnato a vivere la mia esistenza basandola sui principi, non sulla tradizione. Di' la tua verità. Devi condividerla con loro, allo stesso modo in cui l'hai condivisa con me. Ne sorprenderai più d'uno. Lo so dal profondo del cuore.» Cecibelle prese per mano suo padre. «Forse la gente dimenticherà le tue parole, forse dimenticherà persino ciò che hai fatto in tutta la tua vita. Ma non scorderà mai come l'avrai fatta sentire oggi.»

Antonio guardò sua figlia. Lei gli diede un bacio e lui, con le gambe tremanti, avvinghiato ai braccioli della sua sedia, si alzò. Il palco era a soli due metri da loro, ma Antonio si sentiva come se quella distanza fosse più grande di tutta la sua isola. Il pubblico era in piedi ad applaudirlo. Quel frastuono di sottofondo lo innervosì ancora di più. Allora richiamò alla mente la natura intatta del suo antico habitat, e, con quella ingenua schiettezza che aveva caratterizzato la sua intera esistenza, si mise a contemplare la folla. Ed ecco che i suoi occhi vedevano i volti, ma il suo cuore era da tutt'altra parte: con un albatro, con i leoni marini, con le sule, in mezzo alle balene e ai delfini, e per un istante in quella breve distanza che lo separava dal palco gli venne da pensare a suo padre Guillermo e a sua madre Isolina, che lo salutava con la mano poco più in là. E si ricordò della musica del silenzio, l'unica che viene dal cuore.

All'improvviso sulla cerimonia calò un silenzio totale. Antonio si sistemò il microfono e, dopo aver ringraziato i presenti, disse: «Pochissimi di voi conoscono la mia storia, e scommetto che non è importante, perché ciascuno ha la sua vita. Oggi però è un giorno speciale: siamo qui per congratularci con la nuova leva di bagnini professionisti. Questo sì che è davvero importante.

«Io posso solo dire che nel posto dove mi trovavo prima di venire ad abitare con i miei simili, l'esistenza era regolata da sani principi, non da un'osservanza pedissequa alla tradizione. A dire il vero, ancora oggi io non capisco molto di tradizione, ma di certo quei principi sono parte della mia vita quotidiana. Vivono dentro di me, non fuori.

Fece una pausa, poi riprese: «Forse sono solo diverso, e, per certa gente, 'diverso' è sinonimo di 'temibile'».

Mentre parlava era calmo, sicuro del fatto suo, e le parole gli affluivano alla bocca non dal cervello, ma direttamente dal cuore: «Quando sono arrivato nel vostro mondo ho scoperto tante cose: grandi città ma animi piccoli, ampi viali ma vedute ristrette. Mi stupivo di vedere come la gente spendeva il suo denaro, pensando di avere di più, ma in realtà finiva per possedere di meno: case enormi e sentimenti piccini. Mi meravigliavo di come le persone cercassero di rendersi la vita più comoda, e di come, così, avessero ancora meno tempo per essere felici. Avevo scoperto anche come la tecnologia moltiplicava le conoscenze, al punto che molti avevano smarrito il buon senso.

«Era come se ognuno si fosse lanciato in una competizione: guidava più veloce, lavorava più ore di fila, si arrabbiava di più, per svegliarsi stanco alla mattina, ubriaco di troppa televisione e senza essere in grado di entrare in contatto con gli altri e con il mondo che ci circonda. In definitiva, avete acquisito uno stile di vita, ma non vivete. Forse non ho il diritto di parlarvi in questo modo, ma è l'unico modo che conosco per *parlare*. Non dovete arrabbiarvi con me. Sono solo un uomo, e come me ce ne sono tanti altri, che forse vede la vita da un'altra prospettiva.

«Dopo aver vissuto i primi sette anni della mia vita su una minuscola isola pressoché disabitata e per quasi cinquanta in questo mondo, posso dire che i miei più bei ricordi riguardano più quei sette anni in solitudine che il resto della mia vita immerso in una società complicata. Ma mentirei se dicessi che non ho avuto anche esperienze meravigliose quaggiù: per esempio mia moglie e i miei quattro figli che sono proprio qui di fronte a me. Non immaginavo che l'amore potesse essere condiviso con tanta passione, una passione di cui sono stato spettatore soltanto quando ero un bambino su un'isola sperduta dove due esseri, i miei genitori, dovettero nascondersi per sfuggire ai pregiudizi di una società che non comprendeva i loro sentimenti. Essi decisero di sacrificarsi per amore l'uno dell'altra, non importa che cosa pensasse la gente. Sono stato testimone di quell'unione meravigliosa, e ho imparato da essa.

«Questi sono tempi in cui gli uomini importanti rischiano di avere scarso carattere, tempi in cui un essere umano è rispettato non per quel che è, ma per quel che ha. Usate un po' del vostro tempo per stare con chi amate, perché non ci sarà per sempre. Forse una buona parola detta a qualcuno che non conoscete cambierà il vostro giorno, o magari la vostra vita. Parlate con la gente straniera. Accogliete calorosamente il prossimo: è un tesoro che potete donare dal profondo del cuore e non costa un centesimo. Non date mai nulla per scontato. La vita non ci appartiene: ogni cosa che abbiamo è un regalo, non scordatelo mai. Non aspettate che qualcuno muoia per ricordarvi di lui: andate a casa sua, prendetevi il tempo per fargli visita e dirgli grazie per tutta la saggezza che ci ha dispensato, prima che sia troppo tardi. Se poi siete in lite con qualcuno, fate pace, anche in questo caso, prima che sia troppo tardi.

«La cosa più importante è imparare a stare bene con se stessi. Concedetevi il tempo di amare, di parlare, di perfezionare i pensieri che sono il vero tesoro della mente. Gli altri andrebbero ascoltati, nessuno possiede tutta quanta la verità!

«Ci sono persone che hanno un grande spirito d'iniziativa, che non hanno bisogno di essere stimolate. Mi piace la gente che conosce l'importanza della parola 'felicità'. Amo quanti non si vergognano. Mi piacciono anche quelli che hanno qualcosa da ridire su di me in un modo costruttivo, guardandomi dritto negli occhi. Solo così arrivo a chiamarli 'miei amici'. Amare un giorno di pioggia, andar d'accordo con la vita, comprendere che non ci sono limiti… è importante vedere le cose con i propri occhi. Avere un unico rimpianto: quello di non essere stati felici. E non scordarsi mai che l'esistenza è soltanto un breve viaggio.»

Fissò il pubblico e tra i presenti scorse il suo leale amico dai tempi della scuola, Ismaele, che era diventato un dottore.

I buoni amici sono come il sole: non sempre puoi vederlo, ma sai che è sempre là.

«Non credete a tutto quello che udite. Guai poi a spendere tutto il denaro che avete. State svegli più a lungo che potete. Quando dite 'Mi dispiace' guardate negli occhi la persona con cui vi scusate. Credete all'amore a prima vista, e non azzardatevi mai a ridere dei sogni altrui. Chi non ha sogni non possiede molto… In una discussione siate affabili, non arrivate all'insulto. Ricordatevi che le grandi imprese comportano grandi rischi. E quando si perde, non bisogna mai scordarsi la lezione.

«Il denaro può acquistare una casa, ma non un focolare domestico. Con il denaro si comprano orologi, ma non il tempo. I soldi possono pagare il conto del dottore, ma non la salute. Il denaro procura posizione, ma non rispetto. Sesso, ma non amore.

«Se voi vedete una stella cadente, trattenetela nel vostro cuore: è l'anima di qualcuno che è stato capace di *dare* amore in questo mondo. Bisogna sempre dare il meglio di noi stessi, e il meglio arriverà... Quando vi imbatterete in persone egoiste, persino in quel caso siate magnanimi. Se hai la pace con te, se porti felicità, molti ti invidieranno... Allora siate felici e vivete in pace. Non dimenticatevi che l'ambizione e il desiderio sono il trampolino di lancio di quelli che ignorano il profondo senso della vita. Forse perdonare non cambia le faccende del passato, ma sicuramente cambia il futuro.

«Mi piacerebbe trattenermi, ma ho ancora molti ponti da attraversare. Avete mai ottenuto qualcosa di magnifico che non avete mai osato chiedere? Bene, ognuno è responsabile del suo raccolto. Raccogliete cose buone e pure. Se anche siete uno fra i tanti, per qualcuno siete tutto il suo mondo. Non piangete quando qualcosa di buono ha fine, sorridete, invece, perché c'è stato. E se la vita vi dà una ragione per piangere, mostratele che voi avete migliaia di ragioni per sorridere.

«Sono diventato un uomo adulto, ma non sono mai diventato vecchio. I miei pensieri non cambiano le mie azioni, ma le mie azioni di certo possono cambiare i miei pensieri. Ho imparato che al mondo esistono due categorie di persone: quelle che i problemi li creano e quelle che, al contrario, li risolvono. Queste ultime sono quelle che vedono i problemi come sfide, nuove opportunità, un modo continuo per imparare. Le altre, invece, vivono i problemi come fonte di dolore, e ne soffrono. Non hanno capito che i guai fanno parte della vita stessa.

«La sofferenza comporta dare il giusto valore alla felicità quando arriva. Non pensate mai che la vita non vi arrida. Non è vostra, anche se voi siete il suo migliore investimento. La vita migliore possibile è quella che vi permette di fare ogni cosa senza essere di danno al prossimo. Il rispetto è una grande virtù.»

A quel punto Antonio si prese una pausa. Tutti stavano a sentirlo, ammutoliti. Guardò Isolina, sua madre, e per un solo istante rivolse il suo sguardo al cielo, quasi potesse arrivare con il pensiero a suo padre. Tornò a quei magici giorni in cui aveva solo sette anni, e di nuovo sentì la musica del silenzio, e in quella pace si ricordò dello stagno con i fiori di loto. A quel punto il suo cuore parlò:

Non alzarti un giorno senza sapere che cosa fare, non alzarti un giorno fingendo di essere quello che non sei.
Non alzarti un giorno con la paura delle cose che devi fare e dei sogni che vorresti seguire.
Non alzarti un giorno senza ascoltare dentro anche quello che ti dà cruccio.
Non alzarti un giorno senza pensare che c'è qualcosa che tu puoi fare per qualcun altro.
Non alzarti un giorno giudicando gli altri intorno a te, invece di capirli.
Forse la felicità altrui è differente dalla tua.

Non alzarti un giorno senza ringraziare
perché puoi viverne un altro ancora.
Credi a questo: un giorno sarai abbastanza
vecchio per iniziare a leggere nuove,
belle storie.
Questo è tutto quello che hai imparato.

PARTE QUARTA

Ritorno

Ogni essere umano è bambino due volte nella vita: quando viene al mondo e quando sta per andarsene.

Ho ricevuto una telefonata da uno dei figli di Antonio: è quello che ora fa il giornalista, e che mi ha raccontato la storia che poi ho scritto. Mi diceva che suo padre desiderava parlare con me.

«Non c'è problema», gli confermai.

«Bene! Glielo passo, è qui accanto a me.»

Sentii qualcuno all'altro capo del telefono.

«Sergio?»

«Sì, è lei il signor Antonio?» chiesi. «Che cosa posso fare per lei?»

«Pensa che un giorno pubblicheranno questa storia?»

«Forse sì», mi affrettai a rispondere. «Dipende tutto dagli editori con cui sono in contatto.»

«E nel caso questi signori decidessero di non pubblicare il libro, vuole finirlo lo stesso?»

«Naturalmente», dissi. «Mi piace dividere con i miei lettori la bellezza che scorgo in giro per il mondo: ma se non posso trasmetterla al mio pubblico, posso sempre tenermela nel cuore.»

«Bella risposta», disse Antonio. «Così c'è un'ultima cosa che dobbiamo fare, se davvero vuole non solo scrivere questa storia ma anche capirla.»

«D'accordo», dissi.

«Dovrei accompagnarla sull'isola degli uccelli. Deve vedere ciò che ho visto io. Deve provare quello che ho sentito io. È pronto per quest'avventura? È pronto ad ascoltare la musica del silenzio?»

I miei occhi brillavano di felicità. «Mi piacerebbe davvero tanto fare questo viaggio», ammisi.

«Le dispiace se porto anche la mia famiglia?» chiese Antonio.

«Andiamoci tutti quanti!» aggiunsi a quel punto, entusiasta all'idea. «Penso che sarebbe una magnifica esperienza vedervi circondati dei due tesori che lei ama di più al mondo: il contatto con la natura e i suoi cari.»

«Benone», si intromise il figlio di Antonio. «Mi conceda una settimana per organizzarmi, poi la chiamerò io di nuovo.»

La settimana passò in un battibaleno per me, preso com'ero a scrivere e a darmi al surf. Dando un'occhiata alla posta nel mio computer, vi ho trovato una mail appassionata, inviatami da una ragazza italiana di nome Viviana. Mi diceva che viveva la sua giovane esistenza in un modo semplice... e che aveva imparato ad amare veramente.

Mi svelò che la più bella esperienza in vita sua risaliva a quando aveva sedici anni. Un giorno era andata in ospedale a far visita a un'anziana parente di sua madre, che era molto ammalata. Ai suoi occhi si mostrò una signora assai debole, avanti con l'età, confinata in un letto, ma a colpirla più di tutto è stata la sua aria di profonda infelicità.

La vera ragione per cui si trovava lì era che nessuno si prendeva cura di lei, nemmeno sua figlia, tanto che lei aveva incominciato a non mangiare e a non parlare più: voleva solo starsene in un letto di ospedale per non sentirsi completamente sola al mondo.

Qualche giorno più tardi Viviana, a sedici anni, aveva capito che a quella dolce, vecchia signora avrebbe dovuto pensarci lei. Cominciò con il considerarla come se fosse la sua seconda nonna. Iniziò a parlare con lei, ad aiutarla a mangiare. I primi giorni furono difficili, ma alla fine, con tanta pazienza e tanto amore, era riuscita a far breccia nel suo cuore. All'improvviso, l'anziana paziente aveva ripreso a mangiare con appetito e, dopo un po' di tempo, la sua voce risuonò di nuovo nella camera. E un giorno trovò anche le parole per dire alla giovane che lei le aveva regalato l'opportunità di recuperare l'armonia negli ultimi giorni della sua vita.

Finalmente l'anziana signora trovò il coraggio di lasciare l'ospedale per trascorrere a casa sua il tempo che le restava. Morì un mese dopo. Viviana, che con i suoi sedici anni aveva dato una nuova speranza a una donna che ne aveva più di novanta, volle accompagnarla anche nell'ultimo viaggio.

Al funerale un uomo le andò accanto.

«Mi scusi, è lei Viviana?» le chiese.

«Sì», disse la giovane.

«Sono il vicino di casa della signora. Volevo dirle una cosa », fece lo sconosciuto.

«Di che si tratta?» chiese Viviana.

«Quando la nonnina è morta, io ero al suo fianco. Ho raccolto le sue ultime parole. Mi ha detto che aveva dovuto aspettare quasi novant'anni per trovare un angelo sulla Terra. 'Devo ringraziare per quell'angelo che ho incontrato in vita mia.' Perciò, Viviana, ringrazi Dio per essere stata quell'angelo, a soli sedici anni.»

Io sorrido a storie del genere. Ognuno ha una missione sulla Terra. Lo so. So che Viviana lo sa. So anche che tante altre persone lo sanno. Non chiedetemi perché, ma riportare Antonio sulla sua isola mi ha fatto sentire un po' come Viviana: non proprio come un angelo, ma come un semplice essere umano come tanti altri che, se agisce con amore, può totalmente trasformare la vita di qualcun altro che non è stato tanto fortunato.

* * *

Dopo una settimana o poco più, ricevetti un'altra telefonata dal figlio di Antonio. Tutto era pronto per tornarcene sull'isola.

«Magnifico!» dissi io. «Mi lasci vedere se posso liberarmi diciamo... la settimana ventura. Va bene a suo padre?»

Potevo sentire ridere l'interlocutore all'altro capo del telefono. «Se fosse per mio padre, potremmo partire già adesso!»

«Benone», dissi. «Ci andremo nel week end, passerò a prendervi e poi cercheremo un mezzo per arrivare direttamente sull'isola.»

«Grazie.»

«No. Grazie a voi per avermi dato quest'opportunità.»

Casa

L'isola di Huañape è a due ore di barca dalla terraferma. L'intera famiglia aveva deciso di riunirsi per il primo ritorno di Antonio sull'isola natia. Avevamo deciso perciò di affittare due piccole barche a motore, di quelle che usano i pescatori.

L'oceano era calmo, tutto faceva presagire che avremmo avuto una traversata senza problemi, così almeno a detta di quel vecchio lupo di mare che era il proprietario delle barche.

Il sole canicolare picchiava sulle nostre teste, imperlandoci la fronte di sudore. Solo la debole brezza che spirava dal mare ci dava un po' di frescura. Il rumore monotono del motore diesel aveva fatto assopire uno dei figli di Antonio; tutti noialtri ci guardavamo intorno, incantati dallo stridio improvviso dei gabbiani e di altri migratori che volteggiavano sopra qualche relitto mezzo sfasciato.

Eravamo in mare da un'ora e mezza, quando all'orizzonte si parò innanzi a noi la minuscola silhouette dell'isola, dimenticata in mezzo a quell'oceano che pareva infinito. Il profilo roccioso era seminascosto dalle nuvole. A ben vedere, a ogni minuto che passava potevamo scorgere più particolari di quel lembo di terra emersa.

«Pa'! Vedo del movimento lassù, in cima all'isola!» esclamò uno dei figli di Antonio. Una nuvola nera... no, un enorme stormo di uccelli copriva interamente la punta rocciosa; dovevamo essere arrivati proprio poco prima del quotidiano volo di ricognizione alla ricerca di cibo. Tutti ci girammo a guardare Antonio, e rimanemmo sorpresi nell'accorgerci che tremava. Era senza parole, e non riusciva a distogliere gli occhi da quello spettacolo. Per un attimo vidi in lui quello sguardo di pura meraviglia che puoi scorgere solo nei bambini. Era finalmente tornato a casa.

A poche miglia dalla costa, li sentimmo tutti: centinaia di migliaia di gabbiani e cormorani, alcuni che si libravano sopra l'isola seguendo i venti, altri che si nascondevano nelle insenature della roccia bagnate dal mare; altri ancora che si lanciavano a picco nell'acqua per poi riemergere pochi minuti dopo con una preda iridescente trattenuta nel becco. Non avevo mai visto nulla di simile prima: era impossibile fare il conto di quanti uccelli ci fossero laggiù. Erano dovunque.

Più in là un leone marino giocava con la schiuma delle onde.

Ma, non appena toccammo terra, un odore tremendo mi rivoltò lo stomaco: quello del guano.

Tutti erano nauseati da quel fetore. I figli di Antonio dovettero premersi un fazzoletto sul naso, e lo stesso fece anche la moglie. Io ero solo un po' più abituato di loro perché avevo una grande dimestichezza con questi uccelli. Restava comunque il fatto che la sommità dell'isola era ricoperta di tonnellate di escrementi che cuocevano al sole, tanto che l'aria era satura di ammoniaca e altri gas. E tuttavia lo spettacolo di milioni di uccelli che oscuravano quasi tutto il cielo mi faceva sentire come mai prima.

Mentre tutti quanti cercavamo di assuefarci al puzzo terribile che ci circondava, nessuno si era accorto che Antonio aveva preso a camminare sul bagnasciuga. Che cosa poteva essergli passato per la mente? Era in preda ai ricordi? Potevo cogliere il suo sguardo. I suoi occhi stavano guardando non l'isola, ma il passato sepolto nel profondo del suo cuore. Guardava alla marina, ma in realtà si stava guardando dentro. Io lo avvicinai.

«Sta bene, Antonio?» chiesi.

«Sto benone», rispose. «Dopo tanto tempo, mi sento di nuovo in forma perfetta...»

Si stava allontanando dalla montagna che offriva

riparo agli uccelli per dirigersi verso una punta. Lo seguii.

«Ti dispiace se ti vengo dietro?» chiesi, passando al tu. In fondo eravamo solo io e lui.

«No, affatto», disse. «Mi piacerebbe farti vedere quello che ho visto tanti anni fa.»

Ci inerpicammo per una decina di minuti fra le sterpaglie, tanto che il sole a picco sopra di noi ci fece sudare.

I miasmi del guano si erano dileguati, perché il vento di terra li allontanava portandoli con sé in mare aperto.

Dopo aver attraversato una pista poco battuta nella sabbia arrivammo a un tratto pianeggiante dell'isola. A cinquanta metri da noi si presentò una casupola, ridotta ormai a mero rudere, immersa nella calura e nel silenzio del mezzogiorno.

«Casa mia», disse Antonio.

Non aggiunsi altro. Lo seguii rasentando i muri sconnessi.

* * *

Arrivati alla casa diroccata, entrammo dall'ingresso che molti anni fa doveva avere avuto un portone di legno.

All'interno dell'edificio, coperti di polvere e sabbia, c'erano i resti di ciò che, tanti anni or sono, era stato il rifugio di tre esseri umani che avevano scelto l'amore invece che le regole sociali. C'era una minuscola cucina, due camerette, le lampade a cherosene, giacigli ormai inutilizzabili, un focolare e non molto altro.

Mi venne da rivolgergli una domanda: «Antonio?»

«Sì?»

«Come è stato possibile che tu e i tuoi genitori abbiate vissuto qui in queste miserabili condizioni?»

Sorrise. «Per loro era una questione d'amore, non avevano scelta. E per me, questo è stato tutto il mio orizzonte; già, tutto quello che sapevo nei primi sette anni della mia vita. Se vivi in un luogo senza fare paragoni con altri posti al mondo, ti ci abitui. Se sei fortunato abbastanza da vedere il mondo con gli occhi della tua anima, lo ami pure. A sette anni, non avrei cambiato la mia isola per nessun'altra cosa.»

Aveva ragione. Potevo solo immaginare quali tipi di lezione poteva aver imparato vivendo per sette anni circondato solo dalla natura e dalla musica del silenzio.

«Che cosa hai imparato, Antonio?» gli chiesi.

Lui portò il suo sguardo sulla schiuma del mare.

«Ho imparato a scoprire tesori, e a non gettarli mai via tra le onde dell'oceano. Ho imparato a stupirmi della luna piena, a sognare con lei, ma non ho mai pensato a trafugarla per tenerla vicino a me. Ho imparato a sentire il sole e la forza dei suoi raggi, ma anche a ricordarmi che tanto calore deve essere condiviso con altri. Quante volte ho sognato sotto questo manto di stelle! Solo i sogni brillano come le stelle, sai? Ho imparato che non c'è modo di fermare il vento, ma bisogna lasciarlo andare liberamente, come dovrebbero essere le nostre vite. Ho imparato a non preoccuparmi del cambio di stagione, del tempo che se ne va, della vecchiaia che arriva. L'importante è mantenere vivo il desiderio di vivere. Senza di esso – e l'età non c'entra – la gente non va da nessuna parte. Bisogna sempre aprire le porte e le finestre che incrociano la nostra vita e lasciarvi circolare l'aria.

«Seguite i vostri sogni, ma date loro di che vivere. L'anima si nutre di sentimento. Le ferite si curano con la tenerezza. E ogni giorno scoprirete qualcosa di voi stessi. Guardate sempre alla fine di una storia, qualunque cosa abbiate scelto. E poi la fede: riempite la vostra vita di fede...

«Ognuno deve cercare la propria strada. Sempre! Non abituatevi a ciò che non porta alla felicità. Anzi, ribellatevi a esso! E fate sempre ritorno alla vita vera, semplice come la pioggia, libera come il vento, pulita come un cielo d'estate, piacevole come una brezza al mattino. Amate il vostro mondo semplice, e ascoltatene il suono, la musica del silenzio!»

Rimanemmo insieme per tanto tempo, tacendo, semplicemente godendo di quegli istanti, godendo della gioia di essere vivi *davvero*.

La famiglia di Antonio era venuta a cercarci.

«I pescatori ci chiamano, è tempo di tornare alle

barche. Si è levato il vento, ce ne dobbiamo andare in fretta.»

Antonio si era alzato in piedi, e aveva abbracciato la sua famiglia. «Grazie tante», disse, «crescere su quest'isola e voi tutti siete le cose migliori che la vita mi abbia dato.» Baciò sua moglie, e lei, in cambio, gli puntò addosso due occhioni sorridenti.

«Non ritornerai con noi, vero?»

«Non oggi», rispose Antonio. «Tornate pure con le barche, e dite a qualcuno dei pescatori di venire a prendermi domani, d'accordo?»

«Va bene», disse la moglie.

Lui l'abbracciò. «Ma quando tornerò domani, tornerò ogni notte fra le tue braccia. Per sempre.»

Sebbene io non facessi proprio parte di quella famiglia, mi trovai a piangere calde lacrime di gioia. Ha ragione, pensai. La vita può essere così bella e tanto semplice.

Antonio passò poi in rassegna i suoi figli regalando un abbraccio a ognuno di loro, e concluse con un abbraccio speciale a sua moglie.

«A domani», fecero tutti in coro.

«A domani», ribadì Antonio.

A quel punto si girò verso di me.

Sapeva ciò che stavo pensando, anche se non osavo chiederglielo. «Resta anche tu, se vuoi», disse. «Sergio, mi hai riportato su quest'isola: il minimo che io possa fare è lasciarti sentire quello che ho provato io tante volte.»

«Grazie», dissi.

«No, sono io a dover dire grazie», rispose Antonio.

L'isola degli uccelli

Guardammo le barche allontanarsi una dopo l'altra, prima a remi per un breve tratto, poi azionando il motore. Le imbarcazioni progressivamente scomparvero dal campo visivo fino a farsi un puntino nel vento, come inghiottite dall'orizzonte.

A quel punto, all'improvviso, un delfino spiccò un salto fuori dall'oceano, con l'acqua che gli scivolava via sulla sua pelle liscia, tanto liscia che sembrava catturare i mille bagliori del sole.

Poi un altro ancora... ecco comparire sei delfini tutti in una volta che giocavano tra loro sulla cresta dell'onda. Noi sorridevamo come bambini.

«Le onde non hanno età; non trovi anche tu, Antonio?»

«So che è proprio così», rispose l'uomo.

«Ricordo la prima volta che ho visto un delfino in vita mia. Avevo cinque anni. Mi aveva fatto girare la testa. E per una ragione che allora non comprendevo fino in fondo, ho capito che la mia vita non sarebbe più stata la stessa.»

«L'età non indebolisce il ritmo di quelli che hanno avuto il coraggio di camminare sulle proprie gambe», fece Antonio. «Sull'isola del cemento ho scoperto che ci sono persone dipendenti morbosamente dal loro lavoro, e sono 'drogate' di riunioni. Sono infelici, sentono che si stanno perdendo qualcosa. Eppure, non sono ancora capaci di staccarsi dalle loro attività. So che le domande cruciali della vita non hanno una risposta. Però possiamo muoverci, andare avanti. Startene in un posto tranquillo ti porta a condurre una vita senza scosse. Non avrai mai sfide o grossi problemi da affrontare. Però, se cerchi di seguire il tuo cuore...»

A quel punto Antonio si fermò e sorrise: «Niente asprezze, devo essere affabile. Quanto a me, la vita è stata più che generosa con il sottoscritto, mi ha concesso più di quello che io abbia mai sognato, e mi ha trattato con una tenerezza che so di non meritarmi. Ho raggiunto la maggior parte degli obiettivi che mi ero prefisso. E poi ho i miei ricordi, e la mia memoria mi rammenta chi sono io e da dove vengo, e sapendo chi sono io e da dove vengo non potrò mai perdere di vista ciò che è veramente importante, il gusto per le cose semplici della natura che amo tanto. Non sprofondo nel lusso a costo di perdervi l'anima, e non rinuncio a quei momenti – momenti senza tempo, ora – che mi indicano il vero significato di parole come 'libertà', 'felicità', 'diventare un uomo'.» Si prese un po' di tempo per riflettere in silenzio e poi aggiunse: «È il momento di fare quattro passi sull'isola, amico mio. Osserva attentamente che cosa vedi e senti, e più tardi scorgerai un fuoco in un punto molto speciale della mia isola. Quando vedrai il falò, avvicinati, e unisciti a me».

«Molto bene», dissi. Antonio sorrise e si avviò verso la sommità dell'isola, dove a milioni i suoi amici lo stavano aspettando.

* * *

Non ricordo più quanto mi trattenni, guardando quei volatili nella loro naturale regalità che facevano ritorno al nido dopo essere stati a pesca tutto il giorno. Nel crepuscolo che s'avvicinava, mentre la palla di fuoco del sole lentamente si eclissava nel mare all'orizzonte, gli ultimi ritardatari con grandi battiti d'ali atterravano sull'isola. Non so perché, ma gli uccelli lanciano sempre le loro strida all'alba e al tramonto. Forse stanno semplicemente cantando come le cicale, e poi, proprio come loro, al calar delle tenebre finiscono per acquietarsi.

In cima all'isola, in un tratto vicino al punto in cui Antonio mi aveva mostrato la casupola diroccata che aveva chiamato «casa» per più di sette anni, una luce fioca s'accese. Era quello il «falò» di cui parlava Antonio...

Sebbene potessi scorgere distintamente in lontananza i bagliori del fuoco, la notte era sopraggiunta, ed era difficile vedere altro. Il cielo era illuminato da migliaia di stelle, il sottile spicchio di luna si specchiava nell'oceano dandogli bagliori d'argento. Anche se l'isola non era poi altissima, forse un duecento metri nel punto in cui si trovava Antonio, non riuscivo a vedere niente davanti a me. Come fare per raggiungere il mio amico? Dovunque c'erano rocce affilate, nessun sentiero, e, se anche ce ne fosse stato uno, non potevo scorgerlo. Strano, perché, nonostante io mi consideri un uomo nato per l'avventura, quella volta avevo paura: la solitudine in cui mi trovavo, l'oscurità di una notte nera come la pece, il silenzio di tomba...

la musica del silenzio...

Chiusi gli occhi e, dopo tanti anni, la sentii. Quel silenzio che mi permette di starmene da solo per conto mio e mi lascia scoprire che quel posto solitario nel mio cuore appartiene solo a me, mi dice chi io sono. Si tratta di un posto etereo, che non ha luogo, né tempo: è la mia anima.

La notte incombeva avvicinandosi con le sue ruote invisibili, ed ero un tutt'uno con il mio cuore, sopra gli oceani del tempo. Senza la mia preziosa voce interiore io sono un sogno, e nulla più. E io, essere infinito, sentii il mio cuore perdersi nel vento.

Ricordo le prime stelle che punteggiavano la notte, la cantilena dei giovani leoni marini che cercavano la loro madre. Ero in armonia con l'universo, e quando capita questo, ciò che sembra difficile diventa facile, la lotta contro le proprie paure svanisce e si converte in pace e calma.

La musica del silenzio, proprio come l'oceano,
è un'amica che non ti volgerà mai le spalle.

Tanto semplice come le cose che mi circondavano. Prima o poi sarei tornato all'isola del cemento dove ogni cosa diventa complicata.

Aprii gli occhi. Ero di nuovo in pace con me stesso. Mi tolsi le scarpe, e lentamente cominciai a camminare con cautela, come fanno gli animali di notte. Prima di posare il piede potevo sentire il suolo sporco, aspro, imbrattato di escrementi e disseminato di pietre. Lo scopo di ogni nostra azione dipende dalla predisposizione d'animo con cui la si compie. Io avevo uno scopo: scalare la collinetta dove al calar delle tenebre un piccolo falò acceso con le sue mille scintille mi stava aspettando.

«Eccoti qui!» disse Antonio.

«Sì», risposi.

«Proprio puntuale», aggiunse. Il fuoco era appena stato acceso e avrebbe diffuso il suo calore nella notte.

Sorrisi ad Antonio che se ne stava appoggiato a uno spuntone di roccia, come un uccello.

«La puzza non si sente più così tanto, vero?»

«No», ammisi. Gli uomini si avvezzano a tutto, alla fin fine. E la cosa che mi colpiva più di ogni altra era che il silenzio in cui ero immerso mi aveva fatto dimenticare il tanfo degli uccelli.

«C'è un grande senso di pace, da queste parti», ripresi io.

«Già... Si sta bene», rispose Antonio. «Puoi immaginarti la vita di un ragazzino che ha passato tutti questi anni meravigliandosi delle cose che vediamo e che sentiamo noi ora? Puoi immaginarti un bambino solitario che ha visto negli occhi di suo padre e sua madre che cosa sia il vero amore? Ebbene, questo bambino un bel giorno ha lasciato il suo minuscolo angolo di paradiso, ed è andato a stare sull'isola del cemento. Io ho avuto la fortuna di poter confrontare questi due mondi completamente differenti in vita mia. Nessuno dei due sistemi è perfetto, ma c'è mai qualcosa di perfetto nell'esistenza? Ero affascinato dalla televisione, dalla radio, dai frigoriferi, l'elettricità, l'acqua pulita.

«Quanto al prezzo che la società deve pagare per tutti questi comfort, ne vale la pena? Ognuno ha la sua risposta. Io ho la mia, e vale solo per me. Il bello della verità è che è sufficiente di per sé. Chi la possiede, non ha bisogno di convincere gli altri a tutti i costi, al contrario di chi è in difetto. Costoro hanno bisogno di tirare dalla loro parte il maggior numero di persone possibile. Chi possiede la sua verità ne fa prima di tutto un principio di vita. Questo è un segnale della sua onestà.

«Sto diventando vecchio. Quando uno ha vissuto abbastanza, vuole ricominciare a leggere nuove, belle storie. La meraviglia dell'invecchiare è che alla fine gli altri non ti giudicano dalle apparenze, ma in base a ciò che sei veramente.

«Concediti un attimo di pace come se fosse un regalo. Soltanto allora ti renderai conto di quanto pazzo sei stato ad affannarti a correre da un posto all'altro. Una vita grama è un gioco da ragazzi; vivere una vita felice, questa sì è un'arte che uno impara giorno per giorno. Perdonare gli altri e se stessi per le volte in cui ci siamo comportati male, per esserci accaniti l'uno contro l'altro, questo sì che sarebbe il miglior balsamo per raggiungere un'equilibrata visione delle cose.

«Finché questo non accade, porteremo un pesante fardello che non ci permetterà di essere felici.»

«Ti consideri felice?» chiesi a quel punto.

«Ho imparato che non importa dove sono o che cosa sto facendo, io mi porto sempre dietro cinque cose che chiariscono il mio scopo. Devi tenerle a mente e portarle con te per il resto dei tuoi giorni.»

«E quali sono?» chiesi.

«Non scordarti la musica del silenzio. Ricordati sempre il sorriso di tua madre. Non dimenticare il profumo e la brezza dell'oceano. Senti sempre con te, nel profondo del tuo cuore, il tocco della donna di cui ti sei innamorato un giorno. E... impara a non dire altro, se non c'è altro da dire.»

Si mise a contemplare le stelle.

«Sì, Sergio. Che tu ci creda o no, io sono una persona *felice.*»

EPILOGO

È passato un po' di tempo da quando ho visto Antonio per l'ultima volta. Sebbene nei primi tempi abbiamo cercato di mantenerci in contatto, entrambi sapevamo che da cosa nasce cosa e che niente si può imporre. Credo che ognuno di noi, nel suo modo unico e speciale, se lascia che le cose vadano per il loro verso alla fine diventa parte di un sistema vigente nel luogo dove è nato. Ma anche se non controlli il luogo in cui nasci, sta a te decidere che cosa va bene per il tuo mondo e che cosa no. Perciò forse Antonio ha deciso di fare ritorno sulla sua isola, o forse no.

Eppure questo non è poi così importante. Sul serio. Gli spiriti liberi possono vivere in compagnia di se stessi o con gli altri, ma non possono essere manipolati. Quelle tradizioni che tempo addietro io vedevo come una catena che non mi permetteva essere chi volevo essere e che sono sempre stato, ora so che sono una scelta di vita: se ti piacciono, seguile con gioia, se non ti piacciono, dimenticale. Se la gente non capisce il tuo comportamento, o il tuo modo di vestire o il tuo modo di apprezzare la tua vita, ricorda: è un problema suo, non tuo. Noi abbiamo la facoltà libera e sacrosanta di essere ciò che vogliamo essere, e ciò significa che alla fine non dovremo vergognarci se vivremo proprio come abbiamo sempre voluto vivere. Se ti va di correre dei rischi, corrili, ma sii sempre consapevole delle conseguenze dei tuoi atti. Soprattutto impara a vedere chiaramente se con le tue azioni danneggi il prossimo, o se semplicemente gli altri si fanno dei danni da soli perché non capiscono quello che tu stai facendo e ti considerano un «ariete» che va contro tutte le tradizioni su cui hanno basato la loro vita. Nessun essere umano possiede tutta la verità: in fondo questo è ciò che ci rende uomini e donne. Credo che il meglio che si possa fare sia proprio *cercare il nostro meglio.* Da qualche parte ho sentito dire che la perfezione è il peggior nemico delle cose fatte bene. Io ci credo davvero.

Tradizioni! Non ho niente contro di esse, se uno vuole seguirle; ma se non vuole sentirne parlare bisogna essere preparati a quello che verrà, perché la maggioranza cerca di predominare imponendo le proprie regole. E sebbene noi stessi siamo testimoni del fatto che il nostro mondo cambia ogni giorno, anzi ogni minuto, ci sono ancora persone che vogliono lasciare le cose come stanno. Non c'è problema, io le rispetto. Chiedo solo a loro di avere lo stesso rispetto per me, perché io ho scelto di vivere la mia vita in base ai principi che madre natura mi ha insegnato.

L'altro giorno ho rivisto il figlio di Antonio, il giornalista. Dopo avermi fatto un'intervista, mi chiese anche se mi interessava sapere che fine avesse fatto il padre. Gli chiesi che cosa stesse facendo in quel momento. Mi rispose che stava bene, e sorrise. Non doveva aggiungere altro: ciò significava che aveva alla fine deciso di far ritorno alla sua minuscola isola di Huañape per finire i suoi giorni nella stessa santa pace con cui era venuto al mondo, lontano dal rumore e dalle tradizioni: un posto dove poteva lasciar correre liberamente il suo spirito, al modo in cui dovrebbe essere. O forse aveva deciso di restare sulla terraferma ad aiutare gli altri a trovare il vero significato della libertà spirituale. In questo caso, so che un giorno, prima o poi, capiterà che lui, proprio mentre io mi faccio quattro passi a piedi nudi sulla sabbia al tramonto, sulla riva dell'oceano che io amo così tanto, sarà là, proprio come me, a guardare gli uccelli che tornano in volo sull'isola del guano, alla loro *casa*. Perché questa è una casa: un luogo speciale dentro il tuo cuore, proprio in fondo all'anima, dove senti di essere in equilibrio con l'universo che ti circonda, in una dimensione fatta di pace, di saggezza vera, di tranquillità, di principi e della felicità di essere vivi. Io la penso proprio come Viviana, la ragazza italiana (di Milano, per l'esattezza) che mi ha raccontato la sua storia, e so che delle semplici azioni possono cambiare completamente la vita di qualcun altro. Il fatto che quella volta Antonio sia tornato alla sua Huañape significa che ci sarà sempre un prezioso cordone ombelicale tra lui e la sua gioventù, alla ricerca della purezza di spirito. E, con la meravigliosa famiglia che si è costruito, sarà sempre capace di starsene sulla spiaggia dell'isola del cemento fino al giorno in cui farà ritorno ancora una volta a quello scoglio solitario per ricordarsi sempre di chi è veramente, invece di lasciarsi divorare dalle cose «necessarie» della vita di società. Proprio come capita a me quando cavalco un'onda o quando m'immergo in mare: sono io l'uomo solitario che, sebbene abbia imparato a convivere in mezzo alla folla, ogni giorno cerca disperatamente di non scordarsi chi è davvero e quale sia lo scopo dello stare al mondo.

Dopo una meravigliosa conversazione accompagnata da una tazza di caffè bollente appena fatto, ho chiesto al figlio di Antonio se avesse imparato qualcosa da suo padre: «Lascia che ti racconti un episodio che papà mi ha raccontato una volta», rispose. «Si narra che un discepolo dell'antico filosofo Diogene, oltre ad avere un brutto carattere, era deforme nel fisico per via di una gobba. E non è tutto. Un bel giorno prese tutto il denaro che possedeva e lo lanciò nell'oceano da uno scoglio. 'Preferisco perderti ora prima che tu mi faccia perdere la vita'. E così ti rispondo: mio padre mi ha insegnato che le capacità intellettuali di un uomo non si misurano sul numero di libri che ha letto, ma da ciò che è riuscito a imparare dalle pagine. Quel sant'uomo mi ha insegnato che i miei pensieri non modificheranno le mie azioni, ma sarà il mio agire a modificare il mio modo di pensare. Anche questo mi ha insegnato: 'Se vuoi cambiare il mondo, cambia te stesso. Se vuoi cambiare te stesso, allora cambia il tuo cuore'. Mi ha anche insegnato che l'ambizione e il desiderio di arrivare sono il rifugio finale di una vita senza vero successo. Un'altra cosa mi ha insegnato: a non invidiare mai nessuno, perché tu puoi fare della tua esistenza un poema. Mi ha insegnato, in ultima analisi, a essere in pace con i miei pensieri e a vivere in armonia con i propri sentimenti.

«Soprattutto, mio padre mi ha insegnato a non dimenticare mai che l'unica persona con cui devi passare l'intera vita sei tu stesso. Perciò resta vivo finché respiri.»

Il figlio di Antonio si congeda. Un aperto sorriso gli illumina il volto, un sorriso che ho imparato a riconoscere. Io me ne sto seduto a sorseggiare il mio caffè. Una volta finito, pago il conto. Sto per alzarmi in piedi quando, proprio di fronte a me, quasi a sfiorarmi, vedo un minuscolo usignolo che mi fissa, impettito sul mio tavolino. «C'è qualcosa che non va?»

«Per nulla», risponde quello.

Sorrido. «Lo so, tanto tempo fa mi hai chiesto di starti a sentire, ma io non potevo udirti.»

«Non fa niente. Hai ascoltato la musica del silenzio... Dunque il mio lavoro quaggiù è finito. Devo rimettermi in volo per vedere qualcun altro che vorrà ascoltarmi...»

* * *

E, per la prima volta in vita mia, potrei giurare che l'uccellino avesse *sorriso*, un attimo prima di spiccare il volo verso il cielo.

Che bella sensazione. Mi rendo conto che ci sono molte cose che posso ancora imparare dalla vita, finché sarò umile e a patto di non scordarmi di vivere l'esistenza che mi è stata data in questo mondo.

Vita mia,
unica vita.

Collana «Parole»

17. Giovanni Arduino, *Il tempo di sognare*
18. Jonathan Snow, *La stella degli angeli*
20. Sergio Bambarén, *Il delfino*
22. Jonathan Snow, *Il piccolo angelo e il grande mago*
30. Sergio Bambarén, *L'onda perfetta*
34. Sergio Bambarén, *Vela bianca*
35. Jonathan Snow, *Un regalo dal cuore*
36. Neale Donald Walsh, *La Piccola Anima e il Sole*
37. Billy Mills e Nicholas Sparks, *Il bambino che imparò a colorare il buio*
39. Sergio Bambarén, *Serena*
40. Anna Cerasoli, *I magnifici dieci*
41. Peter O'Connor, *Ali sull'oceano*
42. Sergio Bambarén, *Il guardiano del faro*
44. Sergio Bambarén, *Stella*
45. Phyllis Theroux, *La magia della neve*
46. Sergio Bambarén, *Il vento dell'oceano*
47. Jonathan Snow, *L'uomo che incontrò il mare*
48. Witi Ihimaera, *La balena e la bambina*
49. Anna Cerasoli, *La sorpresa dei numeri*
50. Sergio Bambarén, *Il sole e la cometa*
51. M. Scott Peck, *L'incanto di un fiocco di neve*
52. Sergio Bambarén, *Blu*
53. Daniele Grespan, *Suerte*
54. Ronit Galapo, *La promessa dei venti*
55. Sergio Bambarén, *Notte di luce*
56. Donna VanLiere, *Una sorpresa sotto l'albero*
57. Peter O'Connor, *Il primo raggio di sole*
58. Janis Frawley-Holler, *L'isola della felicità*
59. Sergio Bambarén, *La rosa di Gerico*
60. Sergio Bambarén, *Il delfino* (ed. Deluxe)
61. Christopher Moore, *Tutta colpa dell'angelo*
62. John Penberthy, *Dolce come il miele*
63. Gabrielle Zevin, *Benvenuti ad Altrove*
64. Sergio Bambarén, *Fratello mare*
65. Anna Cerasoli, *Mr Quadrato*
66. John Grogan, *Io & Marley*
67. Matthieu Ricard, *La Cittadella delle nevi*
68. Jonathan Snow, *Il bambino che amava l'oceano*
69. Abigail Thomas, *Sempre con me*
70. Nicoletta Bortolotti, *Il filo di Cloe*
71. Ginny Rorby, *Dove volano i delfini*
72. Sergio Bambarén, *La musica del silenzio*

Finito di stampare nel settembre 2007
presso la Mondadori Printing S.p.A.
Stabilimento N.S.M. di Cles (TN)
Printed in Italy